# 肉弾



河﨑秋子

角川文庫
22214

目次

# 狩場へ

キミヤは夢を見ていた。薄暗い、同じような部屋ばかりが続く建物で、一人で何かから逃げている。追ってくる者の姿は見えない。気配もない。追いつかれたならどんな事が起こるのかなんて分からない。ただひたすら、見えないものに怯《おび》えて逃げ続ける。

後ろを振り返り振り返り、次の部屋また次の部屋へと逃げながら、キミヤは自分が今、夢の中にいるのだと思っている。前夜やったホラー系テレビゲームの影響なのだとまで理解している。ほら、そこの緑色のソファ、ゲームに出てきたやつと同じだ。部屋の照明も画面の暗さそのままだ。

そこまで分かっていながら、追われて逃げる焦燥感だけは奇妙にリアルで、背中を冷たい汗が流れる。身体が恐怖を感じ取っている。何かひどいことが起きそうな予感がする。どこか安全な場所に駆け込みたいと思う。早く。今すぐに。絶対に安心できる場所へと。

がくん、と全身を揺さぶられたのと、「起きろ、もうすぐ着くぞ」と肩を小突かれたのはほぼ同時のことだった。

『当機は着陸態勢に入ります。皆様、シートベルトをいま一度ご確認になって……』

はっ、とキミヤは大きく息を吐いた。夢の中での生々しい感覚を捨てきれないまま、額を流れる冷たい汗を拭《ぬぐ》う。心拍数が上がっているのを感じた。隣の席では、父親が自分を見下ろしていた。呆《あき》れたような目だ。

「旅行前日だってのに夜中までゲームしてっからだ。ガキじゃあるまいし」

半笑いで、なおかつ吐き捨てるような声に、キミヤは低く「はい」とだけ返した。偉そうにそう言うんなら自分だって酒と揚げ物節制してちゃんと自己管理すればいいだろうに。腹の中では反発ばかりが溜《た》まる。

実際、汗をかきながら悪夢を見ていた理由の一つは、狭いシートの隣から常に父親の肘《ひじ》が自分の体を押しているからかもしれなかった。細身のキミヤに比べて体格のいい父親が隣に座っていると、狭い機内ではほぼ身動きがとれず、暑いと思いながら上着を脱ぐこともできなかった。肘掛から腕がこっち側にはみ出して狭いんだよ馬鹿親父。心の中で悪態を吐きながら、キミヤは地面が近づきつつある窓の外を見た。

着陸地の釧路《くしろ》空港は予報が外れて霧は晴れているようだった。飛行機が旋回しているため、空港周辺に広がる大地が地平線までよく見える。空港の近くにはそれなりに市街が広がっているんだろうという想像に反して、建物の周囲は茶色い畑と湿地ばかりという事実に軽く驚いた。

「うわ、何もなさすぎる……。確かに鹿はいっぱいいるかもしれないけど、まさか野宿とかじゃないでしょうね」

思わず漏れたキミヤの呟《つぶや》きに、前の席に座った男が不機嫌そうに肩を揺らす気配があった。地元の人間だろうか。気まずく口を噤《つぐ》んだところに、空気を察しない父の豪放な笑いが重なる。

「確かにド田舎だが宿はちゃんとある。鹿はすげーいるぞ。この辺じゃ、住宅地にもポンポン出てくるって話だからな。一歩山ん中入ったら撃ち放題だ。お前が下手な鉄砲ぶちかましても、人に当てる心配いらないぐらい田舎だから安心しとけ」

キミヤが前の席の反応を気にして言葉を継げないでいるうちに、飛行機はどんどん高度を下げていく。尻《しり》のあたりが浮きあがる感覚に、さっきのうたた寝で見た悪夢を思い出した。あの寒気。内臓が持ちあげられるような嫌な予感。それらを再び感じながら、キミヤは近づく地面を見て気を紛らわせていた。

沢《きわ》キミヤは自分の名を嫌っていた。漢字では『貴美也』と綴《つづ》る。母親の胎内で性別が判明してすぐに、父親が未来の長男のために用意したのだという。知人の親戚《しんせき》に画数に詳しい書道家がいて、彼の意見をもとに決められたのだった。

「ええと、漢字では？」

電話口などで、口頭だけで字を説明しなければならない時、

「貴重の貴に美しいに也《なり》です」と言うのが嫌で、

「貴金属の貴に美術の美に也です」などと説明してみるのだが、なかなか通じない。結局、一番シンプルで分かりやすい「貴く美しいに也です」という表現になってようやく、すんなり理解してもらえる。その度キミヤの腹の底に溜まる屈辱といったらなかった。俺は貴重でも美しくもない。なんでこんな名前をつけたんだ親父。そう恨み言ばかりがとぐろを巻いた。

父親の沢龍一郎《りゅういちろう》は、北関東の中核都市で相応の建築会社を経営していた。二代目だが、初代よりも上手《うま》く人脈を使って事業を広げたとキミヤは聞いている。何事においても豪放で強引な性格の割に、従業員や地域社会からの印象はそう悪くないそうだ。地元商工会とライオンズクラブでは役員をしていたし、キミヤが小中学生の時はＰＴＡの活動にも積極的に参加していた。女癖と酒癖が少々悪いことを除けば、悪い種類の人間ではない、とキミヤも一応は理解している。

キミヤは、父と最初の妻との間にできた子どもだった。実母は彼がまだ幼稚園に入る前に家を出て行ったという話で、記憶はほとんどない。入れ替わるようにして家に入った義母はキミヤにある程度の距離を取り、まるで家政婦のように接してきて、馴染《なじ》まな

いままだった。その義母も結局、彼が中学生の時に家を出た。父はその後若くて派手な女を三番目の妻にし、悶着《もんちゃく》を経て一年前に別れた。現在は、家政婦を頼みながら父と子二人、無駄に広い家で暮らしている。

不自由は少ないが普通ではない。キミヤは自分が育ってきた環境をそう評価している。自分が何かを欲しがる前に、父親は先んじて用意してくれた。自転車、ゲーム機、鍵《かぎ》のかかる自室、最新のパソコン。いつしかモノでは埋められない空洞ばかりが自分の中で広がっていった。

そうして新しいものを欲しがらなくなった時、心に残ったのはただ無気力さだけだったように思える。中程度の学力で特に努力もなく入った私立文系の大学は熱心に通うことができず、一年目の冬休み明けに結局休学した。以来外に出る大きな理由もないまま、ほぼ家に引きこもっている。

キミヤは毎日当たり障りのないゲームや感動のない読書で時間を潰《つぶ》しながら、頭から爪先《つまさき》までを空洞にすっぽりと呑《の》み込まれたように感じていた。今のままでいいと思っている訳ではないのだが、抜け出すきっかけは見つかっていない。このまま時間だけが過ぎて、焦燥感さえなくなるのが一番恐ろしいということだけ、うっすら理解していた。

飛行機は難なく滑走路へ着陸した。満席ではなかったこともあり、荷物もすぐにコンベヤーから出てきた。通常で預けていたものとは別に、空港職員が鍵のかかる頑丈なケースに入った銃と銃弾を運んできた。父親が中身を確認して書類にサインし、少しの手続きの後で二人とも空港を出る。

　空は排ガスの気配など微塵《みじん》もない澄んだ青色だった。キミヤは空港のエントランスを出ると、狭かった機内を思い出して大きく伸びをした。秋らしく、空気が少し冷えていて心地よい。

「おい。自分が何持ってるか分かってんのか。銃のバッグなんだから気ぃ抜くなよ。とにかく目を離さないようにしろ」

　足元にバッグを置いたままだったのを、父親が鋭く見とがめた。キミヤは「はい」と小さく頷《うなず》くと、バッグを抱える。注意するにせよ、もう少し言い方とか、偉そうな声を控えるとか、なんかないのか。そんなことを腹の中だけで呟く。

　空港に隣接するレンタカー会社のカウンターで手続きをして、予約していた大型ＲＶへと乗りこむ。父親が運転席に座り、キミヤは助手席だ。父親とできるだけ話したくないため、本当は後部座席に座りたかったが、以前「一体お前は何様だ。俺が運転手でお前は重役様か」と怒られて以来、我慢して助手席に乗るようにしている。車が発進すると、予想できていた小言が始まった。

「お前なあ。そろそろ免許取れよ。将来、仕事で使うかもしれないし、なにより親にずっと運転させてんじゃねえって」

「でも俺、免許取れる自信ありません」

「免許ったって、銃の免許は取れただろ」

「あれはペーパーが満点だったし。それに車だと、……事故とか、俺、怖いです」

「事故、なあ。まあ、可能性がないわけじゃないけどな……」

「事故で怪我するのも、人に怪我させるのも俺は嫌なんで」

「……そうか」

それきり父親は黙り、車は目的地まで移動を始めた。市街地と反対方向へウインカーを上げる。カーナビに目的地は入力していないが、道の選択に迷いはない。見通しのいい幹線道路に出て、どんどんスピードを上げていく。父親にとっては走り慣れた道なのだとキミヤは改めて思う。

自分が猟で北海道までついて来たのは今回が初めてだ。ハンドルを握る父親の鼻歌を聞き流しながら、キミヤは窓の外を眺め続ける。飛行機から見下ろした風景通りに、周囲は雑木林や湿地に近い平地が広がるばかり。濃淡は多少あるにせよ、道路の周囲は一面の枯葉色だった。晩秋にかかり始めた季節は関東を二、三か月は先んじているように思える。

車は国道を北上する。緯度が高い秋の夕暮れのせいか、太陽はすぐに沈んで空は茜《あかね》から藍《あい》へと色を変えた。日光がなくなると途端に気温が下がったような気がして、キミヤは冬物のダウンの前をかき合わせた。父親は空調を変えることにも気づかず、機嫌良さそうに車を飛ばし続けている。

　空港を出発してから二時間ほどで、車は山の中の温泉宿に到着した。温泉街からは少し離れた森の中に位置する、多少古びてはいるが平屋建ての大きな旅館だ。駐車場には自分達と同じような大型のRVや、大きなロールオーバーバーを具《そな》えたピックアップトラックが多く駐《と》まっている。ナンバープレートには北海道内の各地名や、レンタカーであることを示す〝わ〟ナンバーが多かった。

「ごつい車多いだろう。みんな鉄砲撃ちだ。隠れ名所なんだよ、ここは。宿にガンロッカーあるしな」

　周囲に飲み屋もコンビニもない立地の割に車が多い理由をキミヤは理解した。狩猟を目的に宿泊する者は、必ず猟銃を携えている。普通の旅館やホテルに宿泊することも一応は可能だが、外出時などの猟銃の扱いには盗難防止に細心の注意が必要だ。キミヤは肩にかけた猟銃バッグの紐《ひも》が急に強く肩へと食い込んだように感じた。

　銃や銃弾を万一誰かに盗まれるようなことがあれば、刑事罰に相当するうえ、その後再び猟銃を持つことはほぼ不可能になる。その点、ガンロッカーがあって管理がしやすい宿はありがたい存在で、そういう宿ならばハンターが集まり、結果として情報交換などもしやすい。

　キミヤ達が黒いシボレーのピックアップトラックの近くを通ると、荷台に載せられたカーゴから突然、犬の吠《ほ》え声が聞こえた。声の重なりからして、三、四頭はいるようだ。

「うわ！　な、い、犬⁉」

「ああ、犬だよ犬。猟犬。本州から連れてきてる奴がいるんだな」

さも当然というふうに父が説明する間も、犬達は二人に向かって激しく吠え続けている。

わんわん、という生易しい声ではない。ガウガウ、ギャウギャウと敵意を前面に出している。警戒か示威なのか。時折前足で檻《おり》を叩《たた》く音を響かせながら、腹の底に響くような声で吠えついていた。

「あんまりいい犬じゃねえな。必要じゃない時に吠える奴は駄目だ。無駄吠えってやつだ」

「……駄目な犬？」

「おう。いい猟犬使わないと大変なんだよ。アホな奴を猟に連れて行って、呼んでも戻って来なかったら大事《おおごと》だろ。犬をちゃんと回収できないと、やれ野犬増やしただなんだと、地元の人間から色々言われかねねえし」

「はあ」

そんなもんか、と特に興味もなくキミヤは聞き流した。犬達は二人が宿の玄関に入るまで飽きずに吠え続けていた。

入り口をくぐると、すぐに宿の名が入った紺の羽織をまとった老人が歩み寄ってきた。

「いらっしゃいませ、沢様。お待ちしておりました」

「おうオーナー、こんちは。今回も世話になります」

「本日はご子息もご一緒で？　おやおやおや、遠くまでようこそおこし下さいました。さ、お荷物お預かり致しましょう」

「え、あ、はい、どうもありがとうございます」

　オーナーと呼ばれた老人は早速キミヤからボストンバッグを受け取った。キミヤより頭一つ背が低く、肉付きも薄い老人に重いバッグを預けるのはどうかと一瞬躊躇《ちゅうちょ》したが、オーナーは二人分のバッグを両手で持っても全く苦にならないようだ。

「早速お部屋にご案内しましょうね。いつものところでよろしいですか？」

「そうだな、そうしてもらえると助かります。オーナー、最近この辺、鹿はどうかな？」

「鹿でございますか。奴ら猟期にはとんと姿を見せなくなりますが、山に入ると結構いるようですね。昨日もこちらにお泊りのお客様が……」

　宿泊する部屋に向かう廊下で、父親とオーナーは親しげに言葉を交わしていた。そうか、定宿ってやつかとキミヤは思う。父が時折、出張なのか趣味なのか分からず度々北海道に行っていたうちの多くは、ここに泊まっていたのかもしれない。ふと、家の外での父の行動について、あまり詳細は知らないことに思い至った。

「それでは、どうぞごゆっくりお過ごし下さいませ。ご夕食は食堂にご用意いたしますので」

通された部屋はとりたてて豪華でもない普通の和室だった。清潔に整えられてはいるが、あまり広くない。ここで親父と二人で布団並べて寝るのか、嫌だな、とキミヤは思った。

外観を見た時には宿に全く期待していなかったが、山菜を使った夕食は野菜嫌いのキミヤでも箸《はし》が進む美味《うま》さだったし、モール泉とかいう茶色のとろりとした湯の温泉は体が芯《しん》から温まった。施設は古いが隅々まで丁寧に掃除されているし、椅子で休憩するスペースには温かい茶と冷たい水のポットが必ず配置されているなど、心配りが為《な》されている。他の宿泊客も一人か家族連れかに拘《かかわ》らず、みなリラックスしているようだ。父親だけでなく、常連の客が多いという理由が何となく分かる気がした。

「明日は陽が昇る前に出るから早く寝ておけよ。牧草地と山の際で、日の出と同時に鹿狙いだ」

ロビーで地方新聞を広げ、日の出の時間を確認しながら、父親は楽しげに言った。今日の移動ですでに疲れたキミヤは浴衣《ゆかた》姿でソファに体を預け脱力している。目蓋《まぶた》が重くなってきたのを感じながら、惰性で頷いては形ばかりの了解を示す。

「うちの居間に鹿の頭あるだろ。あれ、昔、ここから五キロぐらいのとこで仕留めたんだよ。でけえ雄の鹿だったけど、捌《さば》いて持ち込んだ肉をここの料理人が焼いたの食ったら、全然臭くも硬くもなかった。あん時の肉、家にも送ったからお前も食っただろ。お手伝いさんに料理してもらって」

「……あんまり覚えてないです」

鹿の肉なら何度か食べたが、剝製《はくせい》の鹿の肉がどの時だったかなど記憶にない。父親が撃った獣の肉は味にムラが多かった。猪は硬くて食い辛《づら》いものが多かったが、鹿の肉は大体美味かった気がする。眠気に足を取られながら、記憶がキミヤの舌に蘇《よみがえ》る。

「あん時は、急ぎで近くの剝製屋に頭持ち込んでなあ……」

なおも機嫌よく語り続ける声が睡魔の向こうに遠ざかる。鹿。山の中。弾の当たりどころ。幾度も聞かされてきた父親の自慢話に含まれる単語が、頭蓋骨《ずがいこつ》の中で繰り返されては消えていく。拭い去りたいのに耳の中にへばりついて離れない。呪いの言葉みたいだ。キミヤは意識の最後でそう思った。

うたた寝は短い時間だった。キミヤは肩のあたりを優しく揺り動かされて目を覚ました。

「こんな所で眠ってしまっては風邪をひかれますよ」

目を瞬かせ、像を結んだのはさきほど玄関でキミヤ達を迎えたオーナーの老人だった。小柄な体を腰で曲げ、穏やかにキミヤの顔を覗《のぞ》き込んでいる。皺《しわ》に半ば埋もれたような両目が優しげだ。

「あ、すみません。大丈夫です。ちょっと眠ってただけで……あれ、親父、いえ父は」

「お父様なら他のお客様の中にお知り合いの方を見つけられたとかで、ご一緒にバースペースに行かれてます」

「そうですか」

父親の勝手な行動は今に始まったことではない。むしろ先に部屋に帰っていれば、一人の時間を確保できる。そう思っていたキミヤの前に、オーナーが湯呑《ゆのみ》を差し出した。

「ほうじ茶です。よかったらどうぞ。湯冷めした体を温められてからお休みになった方がいいですよ」

「あ、どうも。ありがとうございます」

受け取った茶は熱すぎず冷たすぎず、飲みやすい温度で胃の中を温めてくれた。オーナーは向かいのソファに背筋を伸ばして座り、にこにことこちらを見ている。

「こちらは初めてですか」

「ええ、父は何度かお邪魔しているようですが、自分はこっちの地方に来るのも初めてです」

連れの親父が遊びに行っちまったから、気を遣われてるのかな。そう考えながら、キミヤは応じた。

「いいとこですね。関東はまだ暑くてしんどい日もあるのに」

「そうですか。それもあって、お疲れのご様子なのですね」

「ああ、ええまあ。今日は一日移動ばっかりだったのもあったし」

「それもあるでしょうが、何か他に、心の深いところからお疲れのご様子にも見えます」

え、とキミヤは言葉に詰まった。オーナーはなおも柔和な笑顔でキミヤを見ている。

今この老人は、なんと言った？　深いところから疲れている？　何故そんなことが分かるのだ？

疑問が湧く中で、老人は自分用にもポットから茶を淹《い》れた。ゆっくりと一口啜《すす》ると、大きく息を吐いた。

「どうでしょうね。何も面白いことのない片田舎ですが、この集落のもともとの成り立ちについてお話でもお聞きになりますか。暇つぶしにはなりましょう。いかがですか？」

いえ結構です、知らない土地の昔話とか興味ないんで。キミヤは正直、そう言いたかったが、年寄りが昔語りをしたいと言っているのをあからさまに止めるのも失礼かと思い、「お願いします」と姿勢を正した。長くなるだろうか、途中で寝てしまったらどうしよう、そんなことが頭の隅をよぎった。

老人は再び茶を口に含むと、ゆっくりと語り出した。

「……この土地はもともと、誰も住んでおらんかったのです。周囲一帯、原生林が山裾《やますそ》に広がり、一面のマツとナラと笹藪《ささやぶ》ばかりで……」

声音は接客していた際のそれと違う。不思議な低さと張りがあった。最初は斜に構えて聞いていたキミヤも、いつしか真剣に聞き始めた。

……ここに集った彼ら五軒の開拓者たちは、出身地ももともとの階層も様々であった。ある家は四国の没落士族の末裔《まつえい》、ある家は東北で借金を踏み倒した貧農、といった具合に。東京に電車が走り、好景気と文明の享受に沸く中、北海道の原生林の奥で、彼らは生きていた。

人の手が入っていない山の中に集った理由は様々ではあっても、彼らは『この地を切り拓《ひら》いて家族の食い扶持《ぶち》を得、生き残る』、共通するその目的を軸に、文字通り身を寄せ合って暮らしていた。

互いの掘立小屋は、隣の赤ん坊の泣き声が絶えず聞こえてくるほど近くに建てられた。木さえ切り倒せば家を建てる場所はいくらでも確保できたが、彼らはあえて住居の軒を狭め、肩を寄せ合う暮らし方を進んで選んでいた。互いの生活を、息吹を感じ合えることが心の拠《よ》り所なのだと、経験ではなく直感で知っていたためだった。

生活が厳しいゆえに絆《きずな》は強く、ある意味では親戚以上に互いを身内と思っているふしがあった。共同作業などを通じ、彼らがかつて捨ててきた故郷以上に人のしがらみは色濃い。しかしそれなしに彼らはここで生きていけなかった。

開墾は厳しいものだった。海岸の近くや河川縁といった水運に恵まれた場所と比べ、開拓地としてはもともと遅れた山中だ。鬱蒼《うっそう》とした原生林を片っ端から切っても、地に張り巡らされた人間の腕より太い木の根を掘り返しても、なかなか畑にするまでには至らない。

おまけに、木を伐採してそれまで差さなかった陽光が地面に降り注ぐと、他の植物が勢力を盛り返すかのようにはびこり始めるのだ。若者から老人まで励まし合いながら作業をしなければ、体より心が涸《か》れてしまいそうだった。

いつ果てるともないイタチごっこを繰り返し、それでも彼らは諦《あきら》めなかった。自分の土地を、畑を持つのだ。その希望だけを糧に、老人ら入植者は歯を食いしばり森に挑み続けた。

開墾を始めて十年目に入っても、相変わらず生活は苦しかった。それでも、この地で生まれた孫世代はゆるやかに大きくなって手伝いの真似事をするようになったし、ミヤコザサと戦いながら少しずつ広げた畑は、僅《わず》かながら収量を増やした。

急に豊かになれるわけではないが、地道に生活していれば集落の皆で食いつなぐことはできそうだ。大人たちがそんな明るい展望を抱き始めていた頃、奇妙な北風が集落を通り抜けた。暖かくなる季節にもかかわらず冷たい空気を運ぶその音は、人々の耳に不吉に轟《とどろ》いた。

その年の冬は明けるのが遅く、残雪がいつまでもぐずぐず日陰にへばりついていた。気温が上がるのも鈍く、鍬《くわ》を土に入れれば刃先が凍土にガチガチと当たる。カッコウが鳴くのを待たずに種を蒔《ま》く羽目になり、この頃から大人たちは、今年は厳しい年になるだろうと怯えた。

予想の通りに、その夏は初めて体験するような酷《ひど》い冷夏となった。

集落の者のうち、東北の出で、貧しい暮らしに飢饉《ききん》が加わって北海道行きを志した青年は、かつて故郷で体験した災厄の前触れと同じ冷たさを感じたという。

そんなある午後、農作業の昼休憩で大人たちは腰を下ろしていた。なかなか進まない農作業でも、諦めて投げ出すことはできない。汗を拭《ふ》く大人たちに手を振りながら、子ども達が声を上げて近よってきた。彼らは頬を紅潮させながら、自分達が捕まえて両手で包んでいた大事な獲物を親達に見せる。小さな掌《てのひら》の上でごそごそと動くもの。それは大きなバッタだった。

「でっかいバッタでしょ。こんなの今まで見たことないよ」

「ほぉ、でかいの捕まえたなぁ。沢山捕まえたらおっ母に言って佃煮《つくだに》にしてもらえや。結構うまいっちゅうぞ」

「食べたくはないなあ。でも、佃煮にできるぐらい沢山いるよ。だんだん増えてきたの。いっぱい来るよ。いっぱい来て、空がバッタで黒く見えるよ」

無邪気な報告を穏やかに聞いていた大人たちは、すぐに顔色を変えることとなった。ざざ、ざざざ、と、笹が揺れる音より濁った風の音が聞こえてきた。ざざざ、ざあっとその音は次第に大きくなっていく。

「まさか」

その音を聞いたことがある者もない者も、嫌な気配を感じた。バッタの正体はイナゴだった。悲鳴を上げて嘆く暇もなく、瞬く間に、小さな畑にはイナゴの群れが黒い風となって襲来した。

人間達に為すすべはなかった。イナゴどもは控えめに背を伸ばした豆の葉を食い散らし、イモの茎まで食いちぎって、あらゆる緑色のものを文字通り蹂躙《じゅうりん》した。庭先に植えた朝顔の葉や、果ては外に干した服の繊維、屋根に葺《ふ》いた茅《かや》までも食い尽くした。集落総出で、皆が懸命に追い払っても意味を成す数ではなかった。

憔悴《しょうすい》と、これまでの成果が失われた徒労感、そして僅かばかりの収穫物だけが彼らの手元に残された。絶望の秋と、それに続く冬はすぐ近くまで忍び寄っていた。

「おうキミヤ。どうした、まだ寝てなかったのか」

語りは無粋に中断された。キミヤがはっと気づくと、向かいの老人の背後に父親が立っていた。

「すんませんねオーナー、こいつのお守りしてもらってたみたいで」

「いいえとんでもない。老人の埃《ほこり》臭い話にお付き合い下さっていたんですよ。優しい息子さんですね」

「それこそとんでもない。キミヤ、俺これから知り合いとタクシーで街の飲み屋に繰り出すからよ、お前先に寝てろな」

分かった、というこちらの返事が聞こえたかどうかという速さで、父親は足取り軽く玄関へと出て行った。キミヤはなかば茫然《ぼうぜん》としながら、上体を起こした。いつの間にか前のめりでオーナーの話を聞いていたらしい。

「おや。そういえば結構な時間になってしまいましたね。変な話にお付き合い頂いてしまって申し訳ありません。どうぞお部屋にてゆっくりとお休み下さい」

老人が幾分ばつが悪そうに頭を下げたので、キミヤは慌てて「いや、面白かったです」と礼を言った。最初は特に興味があって聞いていたわけではなかったが、知らず知らずのうちに知らない土地の昔話に入りこんでいた。

一人で部屋に戻ると、布団がきっちりと敷かれていた。電気を消して糊《のり》のきいた掛布団の下に潜り込むと、すぐに眠気が訪れる。

静かだった。温泉宿なのだから他の宿泊客や従業員も確かにいるはずなのに、建物の造りのせいか気配をまったく感じない。この上なくよく眠れそうな環境なのに、自分は疲れているはずなのに、キミヤはどこか眠りが浅くなりそうな気がしていた。先ほどのオーナーの話が脳裏に蘇る。こんなに穏やかなのに、こんなに温かなのに、昔、ここに住んでいた人間が食うや食わずの生活を送っていただなどと、実感を得られないまま柔らかい布団に意識は薄められていった。

# 謝肉

キミヤが猟銃の免許を取得したのは、大学に行くのをやめ、打ち込むべきなにかを見つけられるでもなく、ただ家で怠惰に過ごし始めた頃のことだった。

引きこもり、いわゆるニートと言われる状態に息子が陥ったと気づいた父親は、最初は宥《なだ》めたりすかしたり、とにかくだらしない生活を改めるように諭した。一度は手を上げたこともあった。半ば強引に自分が経営する会社の事務を手伝わせたり、『引きこもり卒業塾』なる怪しげな自立合宿に参加させたことさえあった。しかしいずれも効果はなく、生活に変化の兆しがない息子に対して、彼が最後に提案したのがこれだった。

「お前よ、鉄砲の免許、取らねえか」

父親自身、随分長く狩猟を趣味としていた。それを、息子にも勧めようということらしかった。

キミヤ自身もゲームや映画から、銃を撃つステレオタイプな格好良さに魅かれるものはあった。そのため、父親の提案に最初「はい。分かりました」と、なかば命令を受け入れる形で頷《うなず》きはした。

だが、実際に免許を取得するとなると、各種手続きに講習受講、法律を絡めたペーパーテストの実施、それらの煩雑さに加えて医師による精神状態チェック、警察官による調査受け入れなど、厳しい手続きが待ち構えていた。

単なる格好良いイメージからやってもいいかと思っていたキミヤは、すぐに投げ出しかけたが、父親はそれを許さなかった。

「男が一回やるって言ったら諦《あきら》めたら駄目だろうが。ちゃんとやれよ」

「でも、俺、講習に加えて実地試験まであるなんて聞いてなかったし。そこまでして免許取りたくないです」

「実際に人や動物殺しかねない威力のモノ持つんだ、間違い起こらないように勉強しなきゃなんない事が多いのは当たり前だろ。いいから手ぇ付けたんなら最後までやれ、分かったな」

父親はこの件に関して、一切のリタイアを許さなかった。キミヤはなんとか一連の手続きを終え、晴れて猟銃・空気銃所持許可証と狩猟免許を手にしたわけだが、もはや自分の意思とは関係なく強引に取得させられたような気がしていた。

もともと狩猟は父の一番の趣味だった。会社を継いだ三十代の頃に始めたという。興味を持ったきっかけは西部劇だとキミヤは聞いている。それも黎明《れいめい》期のシンプルで分かりやすい筋書きの映画を父は好んでいたようで、リビングのテレビボードには古いDVDのシリーズが山積みになっている。キミヤはそれらの一本も見たことがない。

父親は念願の免許取得以後、付き合いでゴルフに行く日とキミヤの学校行事を除けば、かなりの週末を信州や北海道での狩猟に費やしてきたのだった。

「俺はな、免許取って初めて山に行った初日に、山鳥獲《と》ったんだよ。分かるか？　初日だぞ？　鉄砲持って狙ってズドンすりゃ簡単に動物殺せるとか思うだろ、でも違うんだよ」

酒を飲めば大体最初の話はこの自慢だった。

実際には彼の言うところの〝山に入った初日〟は、地元で長年狩猟をしてきた老人に案内を頼んだ。その案内人が初心者にも撃ちやすい獲物が休んでいるところを丁寧に教えてくれたため、父は数発無駄にした後に、ようやくその〝初の獲物〟を仕留めたのだった。

自宅の居間と会社の社長室には、壁から雄鹿の頭部が生えている。いずれも、頭蓋《ずがい》の重心がおかしくなりそうな巨大な二本の角を持ち、ガラスの黒い目をはめ込まれた雄のエゾシカの頭部だ。社長室の剥製《はくせい》の方がやや大きい。父によって『トニー』と『ボリス』という名前がつけられているというが、剥製に名付けるという趣味の悪さへの嫌悪感もあって、どちらがどちらなのかキミヤはまるで覚えていない。

　この鹿の頭は、社長にとっても部屋の来訪者にとっても大事な役割を持つ。みな、一通りの挨拶《あいさつ》が済むと、

「いやあ、すごい鹿ですねえ。社長が撃たれたんですか？」と話が進むのだ。そこでキミヤの父は必ず、

「これには苦労しましてねえ。これだけの角を持った雄はまず群れのリーダーですから、とにかく他の鹿より頭がいいんですわ。頭がいいってことは人間と知恵比べをするってことでね。まあそこが鉄砲撃ちの醍醐味《だいごみ》でもあるんですが……」

　などと、ひとくさり自慢話が続くことになる。

　このため話は長くなるが、社長の気は良くなるし、来訪者にとってもそれは願ったりというものだ。のちのち本題の話が行き詰まったら、「いや改めてみても、やっぱり凄《すご》い鹿ですねえ。狩猟は男のロマンですよ。憧《あこが》れます」と話を蒸し返してやればいい。本人は無自覚ながら、扱いが楽であることは父にとって幸いなのかもしれない、とキミヤは思っている。

　キミヤ自身は、銃の許可と狩猟免許を得てから父に連れられて何度か信州の山へと入った。買い与えられていたのは韓国製のハイエンドモデル空気銃だったが、近距離で獲物に照準を合わせて引き金を引いても、まったく当たらない。

ぐずぐずしているうちに逃げられてしまい、「とろくせぇなあ、全然だめじゃねえか」と父に呆《あき》れられた。その度に同行者が「いや、しょうがないですよ、みんな最初は初心者なんだから」と取り成すことにもキミヤはいちいち傷ついた。

　技術自体はキミヤもすぐに覚えられたのだ。入念に整備した銃を構え、姿勢を整え、きちんと照準の合ったスコープで覗《のぞ》き、油断しきった獲物に照準を定め、落ち着いて引き金を引く。ただそれだけ。それだけのことが、しかし、実際に生き物の命を奪うとなるとキミヤの体を鈍らせた。引き金を引くのがどうしても一瞬遅れてしまうのだ。直そうとしても頑固な癖のように一向に改善しない。一度だけ山鳥の羽を撃ち抜いたものの、瀕死《ひんし》のその鳥はそのまま谷に飛び去り、肝心の獲物として回収はできなかった。

　失敗の記憶は苦手意識となり、いつしか射撃場へ練習に赴くのも億劫《おっくう》になった。実際に撃つ機会がなければ、当然腕も鈍っていく。初心者ならば尚更《なおさら》だ。

「お前、来月北海道に鹿撃ちに行くの、付き合えや。初獲物、獲らせてやるぞ」

　キミヤの悪循環に気づいた父が、こう言って強引に誘ったのだった。北海道では鹿が急増していることもあり、比較的撃ちやすい。特に東部は、道内でも自然が多く残り、鹿の密度が高い地域だ。

「いや、いいです。もう。銃の免許失効しても、別に俺このままでも困らないし」

「何言ってんだ。免許取るにしたって、銃持つにしたって、相当金かかってんだぞ。無駄にしてんじゃねえよ。なに大丈夫だ、一回成功すりゃこういうのは波に乗れるもんだからよ」

拒否、という選択肢は最初から与えられていないようだった。ここは一丁、根性無しの息子の初獲物として大きな鹿を撃たせて自信をつけさせてやろう。父の意図はそんなところだろうとキミヤにも察しがつく。察して、その上でどこか反発を覚え、しかし結局拒むだけの強い理由もなく、こうしてなし崩しに父親と旅行に来ることになった。これまで北海道へは観光で何度か連れてこられたことはあったが、いつも札幌《さっぽろ》や旭川《あさひかわ》など都市部で、今回のような典型的な田舎へ行くのは初めてだった。

キミヤは耳障りな音で目が覚めた。部屋の中はカーテン越しに明るくなってきた空の色を映してうっすら明るい。音の正体は隣の布団で上掛けを蹴《け》飛《と》ばして眠る父親のいびきだった。

起きがけに、妙にリアルに父親や自分のことを思い返してしまったと思ったら、このせいか。

大きく息を吐くと、浴衣《ゆかた》を脱いで服を着替えた。酒臭い臭いを漂わせた父親は、強く揺り動かしてようやく起きた。

急いで朝食をとり、準備を終えて二人で外へ出ると、空は雲ひとつない快晴だった。

普段からの俺の行いがいいからだ、と父親は陽が出る前からご機嫌だ。前夜の深酒の影響はないらしい。

　ゆっくり眠ったはずのキミヤは寝起きが悪かったせいか体も気も重かったが、頬にぴりりと感じる寒さとすっきりした天気に、徐々に気分も上向きになった。

　事前に電話で話をつけてあるという農家の、広い山林と接する牧草畑へと二人は向かった。少し離れた作業用路に車を駐《と》め、バッグから出した銃を持ってそろそろと畑に入っていく。少し歩くと、朝日に照らされた鹿の影が、牧草地のど真ん中に二十か三十も立ち尽くしているのが見える。

　無風が幸いしているのか、それとも人間を舐《な》めきっているのか。近づく人間の影に気づくそぶりもなく、熱心に牧草を食《は》んでいる。そのうち何頭かには、天を突き刺す勢いの大きな角が生えていた。

「雄鹿だ。アレ狙え」

　父親が小さな声で指示した。二人とも身を屈《かが》め、息を殺して距離をつめる。射程圏内に入ったのを確認して、キミヤは物音を立てないように身を伏せた。牧草は露でしっとりと濡《ぬ》れていたが、父親が用意していた防水防寒の上下を着ているため、濡れることはない。伏せたままで、銃を構えてスコープを覗く。意外に鹿の顔が大きく見えた。真っ黒な目はこちらを見ていない。

　胴体を撃ち抜いて肉の質が悪くならないよう、首のあたりに照準を合わせる。これだけの距離で、きちんとスコープで狙っているんだ。当たらないわけない。当たるはずだ。そう念じながら、引き金にかけた指先に力を入れる。あとは撃つだけだ。

「馬鹿っ」

鹿が身を翻してひと跳びするのと、父親の悪態はほぼ同時だった。慌ててキミヤが引き金を引くと、ぱん、という空気銃特有の小さな音と共に、他の鹿達も同時に身を躍らせる。尻《しり》の白い毛がいくつも上下に揺れながら遠ざかっていった。

「遅えよ、撃つのが」

キミヤがスコープから目を外すと、鹿はぴょんぴょんと草の間を高く駆けながら、雑木林目がけて次々と飛び込んでいく。もはや茫然《ぼうぜん》とそれを眺めているしかなかった。

「俺、狙うんなら首狙えって、前に言われたその通りにしただけで……」

「それにしたって時間のかけすぎだ。相手は動物だろ、臨機応変に対応しろよ」

言い争っていても鹿は戻ってはこない。結局その日、キミヤは慎重に狙いすぎて全てのチャンスを逃した。

昼近くに、焦って逃したうちの一頭を父親も狙った。初心者のキミヤが使っているのは空気銃だが、経験の長い父が使用しているのはライフル銃だ。キミヤが撃ち損じ、鹿は即座にその場を離れたものの、射程の長いライフルで撃ち抜かれた。

撃たれたのは若い雄鹿だった。群れの他の個体と比べても骨格が小さく、角も貧相だ。今回逃れていたとしても、繁殖期に訪れるであろう雄同士の戦いに勝てたかどうかは分からない。ライフルの弾は腰から入って体の中を破壊しながら肩の下あたりで抜けたらしかった。損傷は多いが急所には入っていなかったせいか、鹿は牧草に横たわり、必死で四肢を動かしもがいていた。見開かれた黒い目の外側を、充血した白目が縁どっている。口と鼻からは血の泡が染み出ていた。

　仕留めた父と仕留めそこなったキミヤは、その様子を見下ろしていた。

「これ、あの、トドメとか撃たないんですか？」

「トドメ？」

「だってほら、苦しんでるじゃないですか。だから」

　キミヤは自分の体から血が抜けていくように感じた。今まで本州で父親の猟に同行しても、山鳥など中小の動物が絶命するところを見るばかりで、下手をすれば自分より体重が重そうな動物が死ぬところなど初めて見た。しかし父親は首を横に振る。

「弾が勿体《もったい》ねえよ。結構すんだぞ、ライフルの一発ぶんってのは」

「でも、苦しむと、肉の味悪くなるって、前に」

「食えねえよこんなの。見てみろ、ロースのあたりがズタズタだ。それに、若い雌ならともかく中途半端にでかくなった雄なんて味も悪いしな」

「でも……」

「ならよう、それだ」

　口ごもるキミヤが手にしている空気銃を指し、父親は言った。

「こんだけ至近距離ならその空気銃でも全然当たるだろ。お前が引導渡してやれよ」

確かに、威力の劣る空気銃でも、これだけの距離で頭なり心臓を狙えば一発で死なせてやれる。そう思いながらも、腕をだらりと伸ばして持っていた猟銃を構えることができなかった。確かに楽に死なせてやれるとしても、だとしても……。

迷っているキミヤを見て父親は静かに息を吐き、靴の先で鹿の首のあたりを指し示した。

「見てみろ。ああ、背中側から近づけよ。蹴られるからな」

言われた通りに鹿に近づくと、示された首の毛の根元に、何か黒い粒のようなものが数十はくっついているのが見えた。何だこれ、と目をこらすと、それらの粒は全てもぞもぞと蠢《うごめ》いている。

「うげっ、何、これっ」

思わず飛びのくキミヤを見て、父はからからと笑った。

「シラミバエだ。人間からは血ぃ吸わねえから安心しろ。最近増えてきた外部寄生虫でな、弱い鹿からこれにやられる」

「うえ……この鹿、こんなのに……」

「もともと弱い奴だったんだろうよ。体が貧相なうえ、こんなのに取りつかれてる鹿、お前食いたいか？」

キミヤは慌てて首を横に振った。その間にも鹿の暴れようはゆるやかになり、やがて最後に大きく息を吐いて、それきり動かなくなった。

「死んだな。んじゃ、持ってくぞ。車の荷台にブルーシートあんだろ。あれで包んで積むから」

キミヤは言われるままに、鹿を荷台に載せるのを手伝った。大きく見えていた鹿は、二人で持つと案外軽く思えた。終わってから、軍手にさっき見た寄生虫がはりついていないかと、何度も確認する。あんなのが服に紛れてはたまらない。完全にいないことを確かめてから銃をバッグに仕舞い、父親は車を発進させた。

「この鹿、食えないなら、どこ持っていくんですか」

「鹿肉をペット用フードに加工する業者があんだよ。なにせ人工飼料無添加、抗生物質投与ナシ、超自然食材だかんな。それをウリにしてて、結構人気らしい。そこの工場、持って行く」

「ペット用っていうと」

ピンとこないキミヤの疑問に対し、父親は前方を見ながら面倒臭そうに口を開いた。

「ドッグフードだ」

犬の餌。キミヤは面食らった。犬が鹿を食べる。肉食なんだからそれは当たり前に食べるだろうが、何となく犬の餌というと缶詰かドライフードのイメージしかなく、荷台の後ろに載っている鹿の姿とは結びつかなかった。

それから、車で一時間ほど離れた加工場で鹿を降ろし、解体を手伝うことになった。

「お前、基本的に不器用だよな」

父親は幾度かそう言って呆れた。手順は頭に入れていても、自分で行う解体に慣れていないキミヤにとって、皮を剝《は》ぐ際の実際の力加減も分からないし、まだ死後硬直していない筋肉は変にぐにゃぐにゃしていて、切りづらい。

「だって、そんなにやったことないから……」

「いいか、よく見てろよ。刃を入れる時はもう片方の手を絶対に刃の動く先に置かないようにしてな……」

キミヤに示しながら手を動かす父親は、さすがに上手だった。場数か、と思いながら、キミヤは見よう見まねで手を動かす。一度、軽く指先を切ってしまったが、集中して父親の動きを真似るとなんとか肉を骨から切り離すことができた。ようやく少し慣れたか、と自覚できたところで作業の工程は全て終わってしまった。

終わってから、再びもとの牧草地に戻った。しかし、獲物はまったくいなかった。他の畑も回ったが、この地域の鹿は太陽が出ている間は猟の時間だと見通しているのか、ほとんど姿を見せない。同じく狩猟対象になっている鴨の類《たぐい》も探したが、見つけられたのは回収用の犬がいなければ無駄になりそうな沼や川の近くばかりだった。

夕方、秋の早い日没を見届けてから、父子は宿へと帰った。早朝からなんだかんだでずっと動き回っていたことになり、適度な疲労と車のヒーターはキミヤを深い眠りに誘った。宿の駐車場で父親に声を掛けられるまで、一度も目を覚まさなかった。

　温泉で汗を流し、中途半端に眠気が飛んでしまったキミヤは食堂で夕食を口に運んでいた。父親は部屋でサッカー中継を見ながらビールを飲んでいる。体を動かしたせいかいつもより食欲が増し、丼飯をお代わりした。二杯目を運んできてくれたのは、昨日の夜、この地域の昔話をしてくれた老人だった。

「お疲れさまでした。今日は天気が良くて何よりでしたねえ。どうでしたか、鉄砲撃ちの成果は」

　昨日と変わりなく、いかにも善良な笑顔で老人はねぎらった。普段人付き合いが苦手なキミヤも、二日目ということもあり、何とはなしに警戒心を解く。

「いや、全然でした。でも鹿、凄くいますね、この辺」

「何せ山に近いものですから。人間にとっちゃ開墾は大変な土地柄だったけど、動物にとっちゃ天国なんでしょうね」

「へえ」

　老人の語り口は昨日同様、滑らかで滔々《とうとう》としていた。キミヤは相槌《あいづち》を打ちながら、昨日はイナゴに作物を食われた話で終わってたな、と思い返した。

「やっと畑を作っても冷害で凶作とか、昨日お話しした通りにイナゴの害があったなんて事もしばしばだったらしくてね。私の爺《じい》さんはあまり喋《しゃべ》ってくれなかったけど、その昔の集落では棄老、なんてのもあったって話です」

「キロウ？」

「ほら、俗に言う姥《うば》捨て山、みたいなやつです。食い詰めた家でね、老い先短い爺さん婆さんを山に置いてくるっていう」

「ああ、なるほど」

　姥捨て山、というものならキミヤも耳にしたことがあった。もちろん、自分の地元や生活に近しい単語ではなかったが。なるほど、自分達のように遊びに来るには広いし自然は多いし美しいところだが、生活していくのは大変だったろう、と納得する。

「でもそれ、昔の話なんでしょ？　今はさすがにないんでしょ？」

「そりゃあもう。ただの昔話ですよ。昔の人間にしてみればそれだけ厳しいところだし、入ったら出られないような恐ろしい山だった、ってことです。今じゃ携帯は使えるし集落にはコンビニも光回線もある」

　話をしているうちにキミヤは食事を終え、女性従業員が皿を下げていった。すぐに湯《ゆ》呑《のみ》に入った茶が持ってこられ、キミヤとオーナーと二人の前に置かれる。茶を啜《すす》りながら、老人は続けた。

「昔話にはね、もっとひどい話もあります。あまりお聞かせできるような話ではない事件も……」

「……よかったら、聞かせて下さい」

キミヤは促した。老人は言葉とは裏腹に話したそうにしているように見えたし、純粋にその中身も気になる。

「まあ、昔の話ですので、どこまで本当か分からない部分もありますが」

どこか感情が抜け落ちたような顔で、老人は語り出した。


この集落に入植した人々の中で一番の高齢だったその男は、ここに辿《たど》りついた時に息子夫婦を連れていた。この息子というのが、オーナーの祖父にあたるのだという。この一家もままならない原生林を相手に息を詰めるようにして働くうち、やがて二人の孫息子に恵まれた。

事件はこの孫たちが食べ盛りの十歳前後の頃に起こったという。

もともと集落では、開墾や畑起こしで使う馬のほか、鶏や豚も飼われていた。

鶏は栄養不足から卵を産まなくなるとすぐ肉にされたが、豚は村の共有地に囲い柵《さく》を設け、大事に大事に飼われ続けた。

食料不足のため与えられる残飯がなくなると、子ども達は森に入り豚に食わせる草花や木の実を探した。決して軽い負担ではない。それでも彼らは窮状の中、豚を飼い続けた。日常に食べるためではない。苦しい一年の終わりに自分達を労《ねぎら》う、年の瀬の宴席を彩る馳走《ちそう》のために、豚は生かされ続けていた。

イナゴで作物が甚大な被害を受けた年の晩秋。日が早々に傾く頃、一人の若い女が畑で夫に声をかけた。いつも通りの、何の変哲もない風景だ。

「あんた、ツル子どうなってるか気になるから、今日はもう上がるよぉ」

「おうよ、俺はもう少し雑草抜いてくから、湯沸かしといてくれやぁ」

そんないつものやり取りをして、若い母親は赤ん坊の待つ家へと帰る。まだ生まれて半年、夫婦にとっての最初の赤ん坊は、故郷の育て方に沿って蔦《つた》で編んだ大きな椀《わん》状の籠《かご》に寝かせてある。農作業の合間に母親が乳を飲ませに行くほかは、赤ん坊は一日中ずっとその籠の中で留守番をしているのだ。

夫は残照が消え去るまで畑で働くだろうが、自分は少し早めに帰って赤ん坊のおしめを替えてやらねばなるまい。昼過ぎに一度様子を見た時には小便をしていなかったから、もしかしたらもうびしょびしょになっているかも。尻のかぶれやすい子だから、今度富山の薬売りが廻《まわ》ってきたら、前に薦められた白い粉を買ってやろう。安いものではなく、負担は痛いが、やっと生まれた初子には代えがたい……。

母親はその時、そんなことを考えていたという。ありきたりのことを、いつも通りに。

母親は自分達が住む小屋に早足で近づいた。板壁の向こうから我が子の泣き声は聞こえない。眠っているのだろうとほっとして玄関に向き合うと、粗末な扉が外れていた。

外れていた、というよりも強引に外されて地面に倒れていた。この集落では盗みに入るような人間などいない。

誰が。まさか。そう閃《ひらめ》いた瞬間、母親の背筋を嫌な寒気が這《は》い上った。すぐにでも家の中に入りたい、いや、絶対に中を見たくないという二つの心が揺れ動く。

「……ツル子っ！」

それでも実際は一瞬躊躇《ちゅうちょ》したのみで、彼女は小屋の中へと駆け込んだ。明るい外から薄暗い屋内に入ったため、すぐには目が利かない。だから鼻が一番先に異変を感じ取った。

生温かい屋内に立ち込めていたのは、動物の体臭と糞便《ふんべん》の臭い。そして嗅《か》いだことのなかった、自分の子の血と臓物の臭い。

異臭の中、目が薄暗闇に慣れると、室内には何の姿も認められなかった。彼女の赤ん坊も、籠の中にはいない。その代わりに、板の間には見慣れた豚の糞と蹄《ひづめ》の跡、そしてあらかた舐めとられた血の名残りだけがこびりついていた。他には髪一筋、骨片のひとつも残されてはいなかった。

豚は倒れた母親を除く集落全員で探し出された。皆、突然の悲劇を我がことのように思い半狂乱だった。

その老人も、怒りに震えながら豚を探した。集落にいる赤ん坊は皆の赤ん坊。集落の誰かの哀しみは皆の哀しみ。殺されたツル子の誕生を集落の全員で喜んだ日のことを思い出し、老人は落涙しながら豚を探した。

ほどなくして、件《くだん》の豚は近隣の藪《やぶ》で悪びれもせず、呑気《のんき》に笹の根を掘っているところを見つけられた。口の周りに泥と赤ん坊の血がこびりついており、それが人間達の憎悪を煽《あお》った。豚はすぐに男達に押さえつけられた。

赤ん坊の父親は語らず、嘆かず、ただ沈黙のうちに顔を赤黒く染め、血管の浮いた腕で捕まえた豚を押さえつけていた。村人たちは豚の引導を彼に任せた。

豚は四肢を縛られ、訳の分からぬままキーキー甲高い悲鳴を上げる。そこにいた全ての人間にとって、ひどく耳障りな声だった。泥のこびりついたその眉間《みけん》に、赤ん坊の父親が手にしたまさかりの背が振り下ろされた。さほど大きな音はしない。ただ鈍い響きが地面までも伝った。豚は完全に気を失った。

老人は皆と共に、遠巻きにその様子を見守っていた。ふと、気配を感じて後ろを振り返る。そこには、いつの間にか起き出していた死んだ赤ん坊の母親が、人の中に混ざっていた。

彼女は虚《うつ》ろな表情で夫に近づく。何も言わないまま、赤ん坊を抱くように手にしていた長包丁を手渡した。渡す方も受け取る方も、手がぶるぶると震えている。

受け取った彼は荒い息を吐き、無言のまま豚の首に包丁を突き付けた。片手で切りつけただけでは表面の毛をいくらか切るだけで、分厚い表皮までは切れない。老人たちは助言を与えようと口を開いたが、赤ん坊の父が眼を血走らせている様子に言葉を呑《の》み込んだ。誰もこの男の手助けをしてはならない。邪魔をしてはならない。そこにいる全員が悟った。

　彼は包丁を両手で持ち直すと、首の右側へと突き刺した。そして柄を持つ両手の方向を変え、刃を下に向けて、皮と皮下脂肪と頸動脈《けいどうみゃく》とを一気に切り裂いた。

　鮮血が勢いよく吹きだして土を赤黒く染める。豚は「ゲッ」と大きく一度息を吐き、あとは伸ばした四肢をびくびく震わせただけだった。一緒に切断された気管の切断面から、不定期に空気が漏れ、それもやがて止まった。噴出した血を地面は吸い尽くすことができず、固まった血がぶよぶよと草原の表面に残っている。

　包丁を手にしたまま豚を見下ろしていた父親は絶命を見届けると、赤い地面に膝《ひざ》をついた。そして血と泥にまみれた豚の腹に伏して、遠吠《とおぼ》えのように泣き始める。ぼうっとした目で全ての作業を見届けていた妻も、夫と並んで泣きだした。

「こんなんで……こんなもんで終わっちまうのか……ああ……うう……」

「なんでこんな……なんで、こんなあぁ。あんまりだ、ツル子ぉ。こんなのあんまりだ……」

　血の臭いを嗅ぎつけたのか、近くの木にカラスが一羽留まって仲間を呼んでいた。ガアガアと煩《うるさ》いその声と二人分の嗚咽《おえつ》を聞きながら、他の村人はそっとその場を離れた。

老人は自宅に帰り、若い夫婦に起こった悲劇を想っていた。

夜が明けたら豚の死体を処分することになるだろう。そして死んだ赤ん坊の弔いも行わねばなるまい。しかし、赤ん坊の亡骸《なきがら》はどうしたらいいのだ？　豚の胃から中身を取り出して荼毘《だび》に付すのか？　それとも、豚ごと土に深く埋めてそれを墓とでもするのか？

考えるだに気鬱《きうつ》なことばかりで、食事の箸《はし》も進まない。事情を知らされていない孫たちはひたすら元気であった。

「お母ちゃん、おかわり、ないの？」

「ないよ。イモ一緒に入れて炊いてあっから、量はけっこうあったでしょ」

「イモ入りでも粟《あわ》がこんなに少ないと、すぐ腹ぺこぺこになっちゃうよ」

「したら水でも飲んで腹膨らしておきなさい」

「ええー」

孫たちとその母とのたわいないやり取りだ。大人たちは皆、貧乏にもひもじいことにも慣れ果てている。しかし子ども達の成長著しい肉体は、やはりあれっぽっちの食事の量では満足できないらしい。

親たちとて鬼ではない。できることなら自分の子に美味《うま》いものを腹いっぱい食わせてやりたい。子ども達が飢えている、その現状が彼らには何より重い。しかしイナゴの害に晒《さら》された今年、ないものは食わせてやれないのだ。致し方のないことだった。

すっかり夜が更け、子ども達が部屋の端で煎餅《せんべい》布団にくるまって寝ついた頃、客があった。

「おばんです」

消え入りそうな声と共に玄関の戸を引いたのは、豚にとりすがって泣いていた夫婦だった。二人とも顔色が真っ白で、目だけが奇妙にぎらぎらと輝いている。息子とその嫁が慌ててランプを手に戸口に向かって初めて、夫婦の衣服が血で染まっているのに老人は気づいた。

「今回は、本当にとんだことで……」

ありきたりの弔いの言葉をかけようとした時、夫婦は背中の籠から一抱えはありそうな塊を取り出した。その瞬間、老人は、おそらくは息子夫婦も、全身が総毛立った。強烈な寒気の後に、ようやく頭が追い付いて嫌な予感の正体を察知する。

夫婦は何も言わないまま、蕗《ふき》の葉でくるまれた包みを差し出した。言うべき言葉を探し出せず、手を出せない息子夫婦に代わって老人はそれを受け取った。片手では重くて持てないほどの大きな塊。

受け取って手にした拍子に、葉の合わせ目から粘ついた血が土間へと滴り落ちた。夫婦はそれを見ながらなお何も言わず、軽く礼をして立ち去った。その二つの足音が完全に聞こえなくなるまで、三人はその場から動けなかった。

再び室内に子どもの寝息だけが響くようになって、老人も息子たちもようやく正気に返った。そして自分の手の中にあるものの正体に思いを巡らせる。包みは見た目以上に重みがあるように感じられた。掌《てのひら》には、じんわりとした温《ぬく》もりさえ伝わってくる。

「じいちゃん、これ、もしかして……」

「さっきの、か？」

「ああ、そうだ、間違いないべ」

息子夫婦の言葉に老人は固く頷いた。それから、また重い沈黙が流れる。しかし互いに思っていたのは同じことだった。

『これを食え。家族の誰ひとり漏らさず食え』

『これこそが弔いだ』

夫婦の無言の圧力を、この場にいた大人三名は察した。おそらくは集落の大人は皆、同じことを感じ取ったに違いない。


次の日は重苦しく一日が過ぎた。大人たちは畑仕事の他に沈む若夫婦の家を訪れ、弔いの準備をした。慌ただしく、悲しみしかない夕方が訪れる。老人と息子は肉体よりも精神を疲れさせながら、家へと帰った。玄関を開けると、ひどく久方ぶりに美味そうな匂いがした。

土間の竈《かまど》に、大鍋《おおなべ》がかけられていた。二人とも何かに気づいて、煮炊きをしている嫁へと近づく。息子がまず嫁に向かって口を開いた。

「おい、それは……」

「……しょうがないでしょう。早く料理しないと、腐ってしまうんだから」

「しかしおい……」

「子ども達もお腹すかせてるんだし……」

嫁は言い訳を口にしながら、料理を滞りなく続けていく。時折吐き出される深い溜息《ためいき》を耳にし、男二人はそれ以上何も言えなかった。

何も知らない孫は二人とも母親の足元にまとわりついて、屈託なくご馳走の完成を待っている。

肉を煮ている匂いが家の隅々まで満ちている。満ちて、溢《あふ》れて、家の外では痩《や》せた番犬が奇妙に高揚して吠え続けていた。子ども達が戸外に飛び出て何度叱りつけても、キツネを見つけた時以上に激しく吠えてはおこぼれを期待していた。

この匂いには人間達もすべての意識を持って行かれていた。自身の舌と臓腑《ぞうふ》を満たしてくれる予感に、とても落ち着いてはいられない。子ども達はしょっちゅう鍋を覗き込んでは母親に怒鳴られ追い払われ、それでも懲りずにまた竈に吸い寄せられていた。

豚肉は大事にとっておいた大根やイモと一緒に煮られた。いつも惜しんで使っていた砂糖と醬油《しょうゆ》もふんだんに投入され、大鍋の中で大ぶりの具が飴《あめ》色の汁に浮かび、さらに表面は豚の脂に覆われてらてらと光っている。

豚の大ぶりな塊肉がたっぷり入った、肉と根菜の煮物だった。

「肉！　豚肉⁉　こんなに食ってもいいの⁉」

「おい秀男《ひでお》！　お前の肉、俺のより大きいんじゃねえか？」

「兄ちゃんと変わんないよ！」

「まだあっから、喧嘩《けんか》するんでないよ！」

　久々にたっぷりと肉を使った料理を食べた子ども達の顔は、実に幸せそうだった。実際、豚肉は老人にとってもこの上ないほどに旨《うま》かった。湯気を立てる肉を口に入れた瞬間、唾液《だえき》が勝手に溢れ出す。弱った歯でもぷつりと噛《か》みきれる柔らかさ。溢れ出る肉汁と甘い脂。久々に、本当に久々に味わった馳走だった。

　家族は皆、腹が満たされて箸を置いた。鍋底には汁の一滴も残っていない。椀を片づけないまま、皆床に寝転がっていつ以来か分からない満腹を堪能《たんのう》している。煮た肉から外された骨を与えられた犬達も静かだ。きっと今頃、骨の髄までも味わっていることだろう。

　平和だった。家の中が幸せに満たされている。老人は家族の様子を見渡しながら、つい安堵《あんど》しそうになる自分を責めた。今、自分達が、子ども達が食べた豚肉の正体について、考えずにはいられない。胃の奥が反射的に収縮し、それでもせっかく体内に入れた食いものを吐かないように押しとどめる自分の肉体が恨めしかった。

「うまかったねえ、じいちゃん」

下の子が床に寝転がりながら、屈託なく祖父に笑いかけた。

「また食べたいねえ。いっぱい食べたけど、毎日でも食べれるよ」

老人は「そうだな」と小さく頷くしかなかった。料理が準備されている間、老人は追加の薪《まき》を取りに戸外へと出ていた。どの家も夕餉《ゆうげ》の支度らしき細い煙が漏れ出ていた。その全てから、肉を煮たり焼いたりする匂いが感じられた。死んだ赤ん坊の家からすら、その煙が流れていた。

歪《ゆが》んだ煙だ。歪んだ弔いの、穢《けが》れているのに皆に喜ばれる煙だ。老人は、人目がないことを確認してその場にしばらく頽《くずお》れた。


夜中、皆が布団を敷いて眠る中、家族の無邪気な寝息やいびきが響いていた。本来これ以上ないほど穏やかな景色だ。しかし老人は眠れず、上体を起こして部屋の中に広がる闇を見つめていた。

今夜食べた肉の正体をこの子らが知ったならどう思うか。或《ある》いは知ったうえでも尚同じように喜ぶのではないか？　そう思った瞬間、老人は骨の芯《しん》が冷えていくのを感じた。そういう状況に子ども達を置いているのは他ならぬ自分達大人なのだ。

俺達は人の道を踏み外してはいないか。俺達は正しいと言いきれるのか。これからもこんなことが続くのではないか？

いくつも浮かぶ疑念に体が苛《さいな》まれてやけに冷たい。布団の中だというのに、凍えそうだった。

現在、腹は減っていない。あの豚によって満たされている。

しかしまたすぐに孫たちの腹は減るだろう。その時に再び満足させてやれるだけの食料はここにはない。たとえ一冬を越して、また実りの季節を迎えても、十分な収量を確保できる保証はまったくない。

こんな場所にいるから。こんな地を、俺が新天地として選んだから。

老人の考えは後悔ばかりに染められる。どうせ開拓に入るのでも、こんな山奥で開墾が大変な場所でなければ。夏でも寒く野菜が育ちづらい土地でなければ。こんなに虫が大量発生しないところであったなら。意味のない仮定ばかりが繰り返されて、過去、この地を選んだ自分の選択をもはや微塵《みじん》も肯定できない。

「すまんかった。俺が、こんなとこを選んだから。俺が。すまん……」

声には出さず、口の動きだけで老人は懺悔《ざんげ》した。そして悔恨の果てに思い至る。

息子たちはまだ若い。たとえ違う地に移ったとしても、また新たな人生を始められるだろう。彼らはまだ活力に溢れ、みずみずしく、生きるために使える力に満ちている。

しかし、自分はもう駄目だ。老人は思い知らされていた、動かない筋肉、軋《きし》む関節。休養しても決して回復することはない体の不調。長年にわたって痛めつけてきた肉体はもう限界で、新たな場所での新たな体験、或いは痛苦にはもう耐えられそうにもない。

老人は暗闇で独り、肩を震わせ眼を閉じた。満たされたはずの腹が飢餓の記憶を思い起こし、布団に覆われた体が痛みにも似た寒さを回想して肌を粟立てた。強烈な眠気が襲い来ているはずなのに、老人は眠らぬまま静かに、密《ひそ》かに、一つの決断をしていた。


「それが」

キミヤの声は乾いて掠《かす》れていた。茶を飲むことも忘れたままオーナーの話を聞いていたのだ。気づくと自分達二人の真上にある照明以外は全て消されていた。

「ええ。これが、私の曾祖《そうそ》父《ふ》が、この地で、自ら山へと入るまでのいきさつです」

「っていうと、そのひいお爺さんは、結局……」

「見つかっていません。多分、というか間違いなく、山の中で静かに死んでいったのでしょう」

自分の曾祖父が、家族のためを思って自ら命を絶つような真似をする。あまりにも大きな内容を、オーナーがさらりと話すのが、キミヤにとっては却《かえ》って現実味があるように思えた。

「曾祖父の考えが理解できたからこそ、祖父母も、集落の人間も、捜しには行かなかったそうです。いえ、捜す気力が残されていなかったのかもしれません。食い扶持《ぶち》が減ることを積極的に喜ぶとは言わないまでも、憤り嘆くほどではない。そういう考えが普通になってしまうぐらいに、追い詰められていたのかもしれない。そう思うのです」

オーナーはひとつ大きく頷くと、キミヤと自分の湯呑を手にして席を立った。

「ただ、私の祖父は、農業は諦めながら、それでも、それこそどんな仕事をしてでも、この地からは離れなかった。そのうち温泉が見つかって、宿を開いて、以後幸いなことにこうして仕事を続けさせてもらってます」

そうして、キミヤへと腰を曲げて頭を下げ、厨房《ちゅうぼう》の方へと去っていった。残されたキミヤはなかば茫然としながら、老人が座っていた椅子を眺めていた。

# 不帰《かえらず》の淵

安全な部屋の中で、柔らかい布団に体を横たえながら、キミヤはひどく現実味のある夢を見ていた。

夢の中でキミヤは森の中にいる。あるいは山の中か。緑に覆われた只中《ただなか》に身を横たえている。いや、倒れている。もう指一本動かない。その手に、頬に、ナラの枯葉が落ち、さらに落ち、積み重なっていく。長い時間をかけ、少しずつ自分の全身が葉に覆われていくのを感じた。うっすら目を開くと、木々の間で空が黄色い。夕方のようだった。

夕暮れだというのに随分と暖かかった。地面も、自分を覆う枯葉の山も、体を温めてくれているように思える。……木の葉に包まれ、風に慰撫《いぶ》され、土に守られ、そして俺は今、同化している。

その思念は消えつつある命にとって一筋の光となった。

「嬉《うれ》しいなあ」

夢の中でキミヤは小さく呟《つぶや》いた。

もう開かない目蓋《まぶた》の向こう、暖かい暗闇の果てで、彼は満足したまま旅立とうとしていた。

満たされた想いの中で、彼は夢の中の自分を思い返す。生まれ育った東北の山林の風景、貧しかった幼い頃。息子の一家と共に北海道の土に鍬《くわ》を立てた時の希望。そして続く絶望までもを、温かい気持ちで彼は辿《たど》った。

ただひとつのみ、気がかりが残っていた。息子夫婦と孫たちは大丈夫だろうか。自分がこうして山に向かう前、息子たちには家財をまとめて故郷に戻ってほしいと願った。果たして彼らはこの老いぼれの心を汲《く》んでくれただろうか。考える間にも、ひとつ、ふたつと落ち葉は自分の体に積み重なっていく。

これでいい。彼は密《ひそ》かに微笑んだ。俺にはもう何もいらない。失うべきは自分の命ひとつだけ。

老いて、疲れた。だからもう、これでいい。

彼はもう動く必要はなかった。軋《きし》む関節を叱咤《しった》しなくても、筋肉が上げる悲鳴を宥《なだ》めなくてもいい。もう十分、自分は歩いた。これまでの人生はずっと歩き続けていた。ずっと、満ち足りるまで眠りたかった。今ようやくその願いが叶《かな》うのだと満足する。

「ああ、これでやっと、ちゃんと眠れる」

末期の言葉を聞き届ける者は誰もいなかった。充足の想いはそのまま風に紛れ、森の葉を静かに揺らして消えていった。

目が覚めた時、キミヤは自分がどこにいるのか理解できなかった。夢で見た森の中ではない。自室でもない。身体を起こし、部屋の隅に自分と父親のバッグが転がっているのを見て、ようやく北海道に来ているのだと分かった。隣の布団は空だ。

そして自分が見た夢の内容を思った。あれは多分、寝る前にオーナーから聞いたひい爺《じい》さんの夢だ。自分が聞いた話に勝手に枝葉をつけて、夢の中で再現してしまっていたようだ。それにしても、細部までやけに生々しい夢だ。まだ掌《てのひら》に枯葉の感触が残っているようにも思えた。

布団の上でぼうっと夢を思い返していると、父親が戸を開いて部屋に入って来た。

「おう起きたか。早く飯食って来い。置いてっちまうぞ」

ちょうど朝食を済ませてきたところらしい。急がないと、とキミヤも思うが、体がうまく動かなかった。

「何のろのろしてんだ。早く朝飯食っちまわねえと、宿の人にも迷惑んなるぞ」

「……何か、夢見が悪くって」

「夢？」

心底馬鹿にされる。そう思ったが、父親は妙に納得したように頷《うなず》いた。

「お前、ガキの頃はよく変な夢見てたっけな。やれゾンビの夢を見ただのドラえもんと遊んだだの」

「どう……だったっけ……」

「まあいいや。早く着替えて飯食っちまえよ」

父親はバッグの確認を始めた。キミヤも慌てて布団から身を起こす。

言われてみると、確かに自分は現実に引きずられた夢を見やすいかもしれない。そう思いながら、急いで着替え、朝食のために部屋を出た。老人の話から影響を受けただけと分かってはいても、どこか夢に見た森の感覚が抜けきらなかった。

この日も同じように鹿を撃ちに行く予定だと聞かされていた。キミヤは玄関前に回された車の中で待つよう父親から言われたが、十分二十分待っていても来る気配がない。様子を見に行くと、ちょうどフロントのところでオーナーと父親が話をしていた。

キミヤが来たのに気づくと、父親はやけに丁寧にオーナーに向かって頭を下げ、こちらに来る。

「おう待たせたな。行くぞ」

「何を話してたんですか」

「別に大したことじゃねえよ」

そう言ったきり、父親は大股《おおまた》でキミヤを抜かしてさっさと車に乗りこんでしまった。キミヤも納得いかないまま、助手席に乗りこむ。視界の端では、玄関でまだこちらに頭を下げているオーナーが見えた。

　走り出してほどなく、宿から一番近いコンビニに車を乗り入れた。父親は「ちょっと待ってろ」と言って買い物に行く。飲み物を補充する程度だとキミヤは思っていたが、大きな袋に詰め込まれた水のペットボトル、ビスケット、チョコレート、ミックスナッツを持って戻ってきた。

「こんなに沢山、どうするんですか。山に登る訳じゃあるまいし」

「まあいいだろ。備えあれば憂いなしってな」

　昨日と同じく鹿を撃ちに行くだけなのに、どこかおかしい。キミヤがそう思っていると、車は鹿撃ちに向く牧草畑のある方向ではなく、聳《そび》え立つ山の方向へと道を進み始めた。

　いい天気だった。空は所々に白い雲が漂っているが、概《おおむ》ねすっきりとした秋晴れだ。走るうちに牧草や野菜の畑は疎《まば》らになり、だんだん森林の密度が濃くなっていく。やがて道端では〝阿《あ》寒《かん》〟〝摩周《ましゅう》〟〝屈斜路《くっしゃろ》湖〟などの、山間《やまあい》にある湖や集落までの残り距離を示す青標識を見るようになった。

「どうして山に？」

「折角北海道まで来たんだ、観光がてらちょっと走ろうかと思ってよ」

父はやけに機嫌よく答えた。キミヤはその言葉に少し違和感を覚える。観光と狩猟は同時にはやり辛《づら》い。観光地で銃を持ち歩く訳にはいかないし、かといって銃を車に置いたままで出歩くことも思わしくないのだ。車上荒らしにでも遭ったらとんでもないことになる。

しかし指摘したところで、「そんなの気にするな」と返されそうで、言う前から面倒になり止めた。

車は山間のゆるい峠を走った。途中から民家はまったく見られなくなっている。地名を示す標識が〝裏摩周〟という地名を示していた。

山間を貫く国道から、小さな脇道へと車は曲がった。ゆるいつづら折りの道を登ると、標高が高いのか木々が疎らになってくる。その根元にびっしりと濃い笹が茂っていた。

「着いたぞ」

父親が告げたのと、車が小さな駐車場に入ったのは同時だった。他に二台ほど車が駐《と》まっている。両方がレンタカーだ。

「銃持たないでとりあえず降りろ」

「銃を車に置いたまんまで、二人とも離れたらまずくないですか」

「短時間ならバッグに上着でもかけときゃ分かんねえよ。ほれ、いいから出ろ」

促され、訝《いぶか》しく思いながらも外に出ると、冷たい空気が頬を刺した。山の下よりも気温がだいぶ低いらしい。

駐車場の縁に売店らしき小屋と公衆トイレがあった。駐車場から登るように遊歩道が造られ、その先に木組みの櫓《やぐら》のような展望台が備えてある。登ってみると、眼下に小さな湖が見えた。山間の底に深い青色の水を湛《たた》え、真ん中に小さな緑の島を具《そな》えた、随分とこぢんまりした湖だ。湖というよりも、山の中にある水たまりのようにも思えた。

「摩周湖だ。綺麗《きれい》なもんだろ」

父親がスマホを取り出して写真を撮る。先に展望台にいたカップルも「綺麗ねー」とか「霧が出てなくてラッキー」とはしゃいでいるが、キミヤにはただ静かな湖という感想しか浮かばず、特に感動もない。

「正直、ダム湖とかとあんまり変わらない気がします」

「お前はロマンってもんがねえなあ」

父親は文句を言いながら、先に来ていたカップルが展望台を下りていくのを横目で確認していた。

「まあ、目的は摩周湖じゃないからな」

意味ありげな声の真意を問おうかどうか考えているうちに先に来ていたカップルの車は駐車場を離れ、もう一組の観光客もトイレから出て出発した。残っているのはキミヤと父親だけだった。

「キミヤ、今だ。銃と荷物取りにいくぞ。売店の人間に見えないように角度に気を付けろ」

「一体どういう……」

「いいから早くしろ」

訳の分からないまま、キミヤは父親の後をついて車へと戻り、中にあったザックを背負った。銃も迷彩柄のバッグから出し、補充の銃弾も持って外に出る。父親がその格好のまま、駐車場の反対側にある笹藪《ささやぶ》に分け入り始めた。

「ちょっと、あの、どこ行くんですか」

「声出すな。いいからついて来い」

有無を言わせない雰囲気のまま、父親は愛用のライフルを背負って藪を進んでいく。キミヤも仕方なく同じように銃を肩にかけ、後を追った。

ガサガサ、ガサガサと黄色く枯れた笹の中を、父を前にして二人で進んでいく。葉を落とした低い広葉樹と針葉樹が疎らに立っていた。徐々に登り勾配《こうばい》がきつくなっていく。道のないところを登山しているみたいだ、とキミヤは思った。

三十分も歩いた頃、もしかしたら遭難しているんじゃないのかとキミヤは疑い始めたが、いくら進んでも父親の歩みには迷いも衰えもない。大きな背中ごしに進行方向を見ると、闇雲に進んでいる訳ではなく、どうやら獣道のように笹が踏まれた跡を歩いているらしかった。

そうこうしているうちに、地面の傾斜はいつのまにか下がっていた。

「あれ。なんで山の中で、真っ直ぐ歩いてきたはずなのに下ってるんだろ」

「今俺らはな、でかいカルデラの底に向かって歩いてんだよ」

頭を上げて周囲をよく見ると、なるほど、周囲をぐるりと山に囲まれた窪地《くぼち》のようなところを進んでいるらしい。山中にありながら標高が下がってきたせいか、木々の密度と高さが増していた。木の葉がまだ落ちずに紅葉しており、中には広葉樹なのに葉がまだ緑のものもある。

「動いてるせいかな。なんか、暑いです」

キミヤはうっすら額に浮いた汗を拭《ぬぐ》い、ゴアテックスの上着の前を開けた。ついでに上着のポケットに入れていたスマートフォンを見ると、見事に圏外だった。人の住んでいる気配がなければ、中継の電波塔も立つはずがない。当たり前といえば当たり前なのだが、キミヤはスマホが通じていない、という事実をやけに怖く感じた。

「暑いのは、動いてるからだけじゃない。このカルデラの底の辺はな、地熱があるんだよ」

「ああ、火山帯ですか……」

言われてようやく納得する。噴火はしていないとはいえ、ここ一帯は火山が連なっている地域だ。温泉が多いのもこのためか。そういえば周りに緑色の木が多いし、気温もあんまり低くないみたいだ、とキミヤは納得した。山に登って寒い思いをするよりは、暖かいほうが何倍もいい。

さらに進んで、山の中というよりも森の中、といえるほど木々は増えた。カルデラの底に達したらしかった。

「これは狩りなんですか？　こんなところに鹿がいるっていうんですか？」

「鹿はな、実はこの辺少ないんだよ。目当ては鹿じゃない」

は？　とキミヤは呻《うめ》いた。こんな山の中にまで銃を持って分け入っておきながら、目的は鹿撃ちではないという。じゃあ一体何のためにこんなに重いものを持って来たというのだ。疑問を見透かしたように、父親が答えた。

「熊だよ」

「熊あ？」

思わず素っ頓狂《とんきょう》な声がキミヤの口を突いて出た。鹿もろくに撃てない自分に、熊など撃てるわけがない。

「冗談言わないで下さい。熊なんていったら、人襲う奴でしょ。しかもほら、北海道の熊ってヒグマでしょ？　長野とかにいるツキノワグマよりでかいんでしょ？　そんな、素人の俺が狙っていい獲物じゃないでしょ」

「熊を狙ってんのはお前じゃねえよ、俺だ。俺が熊を撃つんだよ」

父親はキミヤの方を振り返りながら、にいっと笑った。自信満々に見えたが、それで不安が拭えるはずもない。

「でもあの、父さんだって熊仕留めたことはないでしょ？」

「誰しも最初は若葉マークだ。心配すんな。昨日、宿で他の鉄砲撃ちに聞いたんだよ。

この辺は熊がいて、どうもそれが結構でかい奴みてえだ。噂では、汚れた金を捨てに山に入ったヤクザが帰ってこなかったことがあるらしい。熊が食ったんなら、人の味を覚えた熊だ。コイツを撃つのはハンターの義務だぜ」

「義務って言っても……本当に熊が食ったのかどうか。というか、そもそもここは国立公園内で、バリバリの禁猟区な筈《はず》でしょう」

「こんな山ん中ならまずバレねえよ。銃声聞こえる範囲に人間はまずいない」

キミヤの疑問にも不満にも、父親の背中は揺るがないまま、ずんずんと森の中を進んでいく。ああ、これ、絶対こっちの話を聞く気無いパターンだ。半ばうんざりしながらも、キミヤは疑問を訴え続けた。

「でもそれ、もし熊撃ったとしても、獲《と》ったって他人に言えないじゃないですか。というか、こんな山の中で仕留めたらそもそも重くて持って帰れないし」

「いいんだよ」

背中を向けたままで、父親はそう断じた。

「持って帰るとか、自慢するとか、そんなんが目的じゃないんだよ。ようは熊を仕留められればいいんだ」

これまで剥製《はくせい》だの撮った写真だのを残して、散々自分の能力を周囲に自慢していたのに？

疑問が浮かんだが、先へ先へと進む背中はそれ以上の対話を拒否していた。

　仕方なく、キミヤは後ろをついて歩く。獣道程度の踏み分け道だが、父親一人分が先に歩いているので多少は歩きやすくなっている。それでも草に足を取られないように下を向いて歩いた。

　やがて太陽が黄色く傾いた。これまで歩いてきた距離と、暗くなるまでの時間を考えると、とても明るいうちに戻れる見通しは立たない。

「よっし。野営するぞ。大丈夫、飯やらなんやらはさっき十分買っておいたし、道具もきちんと揃ってるから」

　自信満々に笑う父親にキミヤは呆れた。食料や道具が揃っていればいいというものではない。こんな山の中で場当たり的に野営なんて。文句が口を突いて出るより早く、父親は木が疎らで地面が平たい場所に目星をつけ、中心の笹をナイフで切り始めた。

「……何、してるんですか」

「何って。火ぃ熾《おこ》せるような場所作んねえと、野営できねえだろ。地熱で大分あったかいけど、火は絶対あった方がいい」

「はあ、まあ……」

　確かにその通りだが、一体どうやって火を。そう思って父親の動きを目で追っていると、笹を刈りこんでむき出しになった地面に、周囲から枯れ枝を幾つか拾って持って来た。それらを適当に重ね、中心部に笹の葉を揉《も》んで重ねると、ザックの中から砥石《といし》のような四角い金属片を取り出す。

「それは、何」

「ファイヤスターターだよ。マグネシウムの奴。そうか、お前これ使ったこと無かったか。こうすんだ」

　ファイヤスターターの側面にナイフを当て、鉛筆を削るように表面をゴリゴリと削ると、金属の色そのままの削り屑《くず》が落ちた。それを小さくまとめ、薪《まき》の中心部分に集めると、削った側の反対側に刃を当て、シュッシュッとナイフで擦る。

「火打ち石と同じ要領だな」

　幾度か繰り返していると、金属とナイフの間に小さく火花が散り、それが削り屑に引火した。

「うわっ」

　一瞬、削り屑がまばゆい光を放った。そうか、マグネシウム。キミヤは高校の頃、理科の実験で火をつけて明るく光る様子を観察したことを思い出した。

「で、これで火がついた、っと」

　着火したのを確認して、父親は小さな火に木の枝を小さい方からくべていく。すぐに火の大きさは安定し、小ぶりな焚火《たきび》となった。二人で火を囲む頃にはちょうど太陽がカルデラの縁に沈んでいった。

「寒くないか」

「あんまり」

「汗かきすぎたら言えよ。面倒でもこまめにタオルで拭《ふ》いとけ」

「……」

会話が続かない。改めて今、何を言えばいいのか。コンビニで買って来た食料のうち、冷たい握り飯を二つずつ食べると、もう本当に言うべきことがない。あとは火を囲んだまま横になって寝るだけだが、さすがにまだ眠くはない。まる一晩この気まずさが続くのか。キミヤがそう思っていると、父親が薪を増やしながら口を開いた。

「キミヤお前、熊撃つのなんて無理って思ってんだろ」

「……はい」

キミヤは下を向いたままで答えた。熊撃ちたいなんて分不相応な目標のためにこんな山の中を歩いて、どうして野営までしなきゃいけないんだ。そんな不満が声音に浮いた。

「無理なことなんてねえ。だから、存分に見とけ」

熊を撃つところを息子に見せ、自分の威厳を示したいのだろう。それを分かりやすい虚勢と思いつつ、かといってそれを諫《いさ》めることもできず、結局は父親の後をついて来ている。

自分の主体性とは何なのだ。

自問に正答を出せるわけもない。ただ父親の言いなりになってこんな所にいる自分がひどく滑稽《こっけい》に思えた。いっそ開き直り、父親との間に流れる空気など無視すれば楽なのはキミヤも分かっている。しかし、近くにいればいるほど、その存在は常に自分の意識を確実に侵食してくる。どうあっても消し去れない。

「足、痛むか」

「別に、そんなにでもないです」

「左膝《ひざ》は？」

少し、気遣わし気な声にキミヤははっと顔を上げた。父親は焚火を凝視したまま、木の棒で火元をいじっている。

「左の膝は、どうだ。まだ痛むのか」

覚えていたのか。キミヤにはそれが驚きだった。左膝の外側、やや上方の一か所。見た目にはもう青あざひとつないのに、寒さや疲れに応じてキミヤに鈍い痛みを思い出させる。この記憶こそが、キミヤの劣等感の元凶であり、心の底で劣化しない怒りを父親に抱いている原因でもあった。

キミヤは長い間、陸上部に所属して長距離を専門に走っていた。

きっかけは単純なことだった。中学校に上がる少し前あたりから、どうにも馴染《なじ》めなかった義理の母親が疎ましく思えるようになった。拒絶するほど子どもではないものの、家に常にいる義母に思春期のキミヤは落ち着くことができず、自宅でも緊張を解くことはなかった。

そんな折に中学校に入学し、やっていた方が内申点が良くなるという周囲の空気と、無駄に家にいなくて済む、という理由からキミヤは積極的に部活動を始めようと動きだした。

「キミヤ、お前部活何にするんだ？　まさか文化系とかじゃないだろうな」

「まだ決めてないけど、文化系少ないし、ほぼ体育会系一択みたいで……」

「そっかそっか！　いや、小学校の頃から習い事にもなんにも興味持たなかったし、うん、いいことだ！　道具に金かかる部活とかでも別にいいからな！」

　今まで引っ込み思案だと思っていた息子が果敢に新たなチャレンジへと向かっている姿に、父親はいたく喜んだ。キミヤも、自分の決断が何の問題もなく父親に受け入れられて最初は素直に喜んでいた。しかし、いざ何をするか悩んでいるうちに、雲行きは変わっていった。

「部活何にするのか決めたのか？」

「まだ色々見学してるところ。先輩とか先生とか、合う人合わない人いるみたいだし」

「悩んでるんならお前、武道系にしとけよ。ただでさえ根性足りねえんだから。ボクシングとかアマレスとか、どうだ？」

「あなた、公立の中学校じゃそこまで本格的なのはないわよ。ほら、キミヤ君も困ってるじゃない」

「じゃあ剣道とか柔道とかなら、中学にもあるだろ？　とにかく戦うやつにしろよ。絶対だぞ！」

父親自身、学生の頃からレスリングを続けて体を鍛えており、大学時代にはプロレスの団体からスカウトされたという過去をことあるごとに人に自慢してもいた。その流れで当然、息子にも格闘技を勧めた訳だが、熱心すぎる勧誘にキミヤは嫌気しか感じなかった。打ち解けてもいない義母が口を出してきたことにも、中学生のキミヤは反発を覚えた。

押しの強い父親に対して正面切って自分の考えを言葉にすることができなかった。考え方が正反対な事項なら尚更《なおさら》のことだ。一蹴しか予想できない。結局彼が選んだ部活動は陸上部。しかも、顧問が結果的に勧めてきたのは長距離走だった。

「何だよお前、陸上って。武道やれって言っただろうが」

「でも、先生がなんか、やたら怖い人で合いそうになくって」

「そりゃ戦うこと教える奴なんだから怖くて当たり前だろうが」

「あの、陸上の顧問の先生が、手足が軽くて長いから長距離に向いてるだろうって」

「向いてる、ねえ。ふん……なら仕方ねえのかな……」

懸命に言い訳をしているうち、父親はやがて渋々といった体でキミヤの陸上部入部を認めたようだった。

ほっとしたキミヤがささやかな家族会議の場から去ろうとした時、父親がぼそりと呟いた。

「あの女も、陸上で長距離やってたな」

独りごちたような言葉はキミヤの耳にこびりついた。母親が長距離をやっていた？

俺がまだ小さい頃に家を出て行った母親が？

　それまであまり聞いたことのなかった母にまつわるエピソードは、深く記憶に残った。いない実母のことを普段から気にしていた訳ではなかったが、この情報はキミヤにとってひどく印象的だった。

　陸上競技を始めたキミヤは、自分でも意外なほどにのめりこんで練習した。顧問の教師がオーバーワークを心配するほどだった。確かに、練習をし過ぎると筋肉や関節が痛くなる。けれどその一歩手前ギリギリを見極めて負荷をかければ、確実に自分の体に経験値は積まれ、それが高くなるとレベルアップする。そう実感できるのが心地よかった。

　部活に入った最初の目的でもある、家からなるべく距離を置きたかったという理由もキミヤの練習熱心に拍車をかけた。通常の練習が終わってから、さらに少しの走り込みと時間をかけたストレッチを行い、帰宅時間がなるべく七時か八時以降になるように調整した。帰ると父や義母との会話もそこそこに飯をかき込み、シャワーを浴びてベッドに倒れ込むようにして眠った。お蔭《かげ》で成績は上がらなかったが、キミヤは満足していた。

「最近日に焼けたよなあ、お前」

「部活、毎日やってるから……」

「少しは頑丈になったみてえだな。どうだ、体動かして食う飯は美味《うめ》えだろう？」

「……うん」

父親の言う事は正しかったのだな、と珍しく思ったりもした。格闘技や武道といったものではないにせよ、キミヤが運動を習慣づけたことに父親は満足しているようにも見えた。

走ればいい。走りさえすれば、物事はうまく回せる。

そう思いながら走り続けた。ずば抜けた成績は残せなかったが、構わなかった。

地元の高校に進学してからも陸上を続けた先に、転機は訪れた。

部内の選手層が厚い中、キミヤは高校三年生最後の駅伝でレギュラーに残った。自分より速い同級生や後輩の背を追いながら毎日毎日黙々と走り続け、選考会でとうとう好成績をおさめることができたのだった。

「俺、来月の駅伝でレギュラー決まったから」

キミヤは表立っては喜びを隠しながら、報告した。レギュラーとなればさすがに喜ぶだろうという気持ちもあった。しかし、ビールを片手に野球を見ていた父親はキミヤを振り返ろうとしなかった。

「聞いてる？　来月の、最後の駅伝大会。それで俺、レギュラーに決まったから」

父親は緩慢に振り返ると、なかば面倒臭そうに「おう。そうか。頑張れよ」とだけ言ってまたテレビの画面を眺めていた。

キミヤは拍子抜けした。もっと何かあるだろ。そう思ったが、自分のレギュラー入りを手放しで喜び褒め称《たた》える父の姿というのもどうもピンとは来ず、静かに落ち込みながらもそういうものか、と納得した。

　喜びに水を差された思いでいながらも、キミヤは大会までの一か月、充実した日々を過ごした。自分が今までサポートに回っていた舞台で選手として走れる。故障を心配した顧問がしばしばストップをかけるほど練習に打ち込んだ。

　任されたのはアンカーから二区間前の五区。ゆるやかな登り勾配が続く区間だが、坂は嫌いではない。今年のメンバーは特に充実しており、アンカーには超高校生級とも言われる一年生が据えられた。部内の士気も高く、誰もが今まで手の届いたことのない優勝旗を意識し高揚していた。

　父親は相変わらず、大会の行方やキミヤの頑張りには鈍かったが、当日は会場となっている運動公園まで送り迎えをして欲しいと頼むと、「まあ、往復二回もするの面倒だから、送ってったら会場で応援するわ」などと応じていた。

　大会の朝。キミヤは父親の運転するランドクルーザーの助手席に乗っていた。体調は万全。履き慣れたランニングシューズといつも飲んでいるメーカーのエネルギージェル。過去一番いいタイムが出せた時のジャージとタオル。もしもの時のための痛み止めと下痢止め。忘れ物はまったくない筈だと、キミヤは助手席でバッグの中身を確認して頷いた。

「あー眠い……。なんだよ、日曜の朝っぱらから道路込んでんな」

「大会に参加する選手がみんな車で送ってもらってるからだよ」

　キミヤは遅刻が心配になり時計を確認するが、幸い集合までまだ余裕がある。何も不安要素はない。ともすれば緊張が頭をもたげそうな自分にそう言い聞かせて、キミヤは自分がスムーズに襷《たすき》を受け取り、限界の一歩手前まで能力を引き出して走り、次走のランナーに襷を渡すところを想像した。目を閉じ、心を鎮め、できるだけありありと。

「どしたキミヤ。眠いのか？　昨日寝れなかったのか？」

　暗闇の中で無粋な声を掛けられる。

「違うよ。イメージトレーニング」

「イメージトレーニング、ねぇ」

　小馬鹿にしたような父親の言い方に心が波立つ。しかしキミヤは努めて心を再びイメージの世界に引きずり戻した。

　コーチがいつも言っていた、成功体験を可能な限り詳細までイメージすること。そうすれば前向きなメンタルに引きずられてフィジカルは向上する。本当かよ、と実は思わないでもない。しかしキミヤは今、できるだけ疑問を消して、数時間後に成功する自分の姿を想像した。再び目を閉じて感覚を澄ませ、前のランナーが前のめりになりながら襷を自分に渡し、「お疲れ！」と声を掛けながらスタートを切るその場面を。

　しかし続いて、自分が最高の形で区間を走り終える姿を思い描き始めた時、それはいきなり中断された。

「うわっ、馬っ鹿野郎！」

父親の怒号が聞こえた直後、衝撃が全身を襲った。同時に、ガシャンという硬質なものが容易《たやす》く壊れる音も。キミヤは反射的に全身を硬直させ、目を開いた。家の車のバンパーがひしゃげ、前を走っているコンパクトカーの後部にめり込んでいる。

事故。追突事故だ。

怒り心頭に発した父親は弾丸のように車の外へと出て行った。

体温が一気に下がったような気がした。全身の血が半分ぐらいになったようにさえ思えるのに、心臓だけが異常に速くどくどくと波打っている。自分は、今、一体どういう目に遭った？　交通事故。自分が巻き込まれるなんて、こんなの初めてだ。今までは外野としてしか見たことがないのに。

自覚しないままに呼吸が速く、浅くなる。冷や汗なのか脂汗なのか、額と掌からやけに水が噴き出てくる。事故に遭ったという事実に、心よりも体が大きく驚いていた。

「おい、キミヤ！」

名を呼ぶ大きな声でようやく我に返る。父親が助手席側の扉を開けて、キミヤの体を揺さぶっていた。

「お前、怪我はないか？　大丈夫だったか？」

自分と同じぐらい切羽詰まった父の様子に、キミヤは少しだけ冷静さを取り戻す。手足を動かす。首を曲げる。幸い、左の太腿《ふともも》にかすかな痺れを感じただけだった。事故の拍子にダッシュボードと軽く接触したのかもしれなかった。

「少しだけ足、打ったかもしれないけど、たぶん……大丈夫」

「首とかは？」

「大丈夫。痛くない。……そっちは？」

「俺は何ともねえ。むち打ちとか、後でダメージ出ることあるからな。何かあったら言えよ」

「分かった……」

　前の車から降りて接触部分を確認している男性の様子を見ると、どうやら相手の方も大きな怪我はないらしい。キミヤはようやく大きく息を吐くと、はっと時計を見た。

「親父！　大会！」

「ああ？」

　あからさまに正気を疑っているような返事だった。

「馬鹿かお前、今事故ったんだぞ！」

　それでもキミヤは声を張った。

「体は俺、なんともないから！　大丈夫、だから行かなきゃ！」

　正直なところ、もしもの時に備えて、チームには必ず補欠要員が存在している。選手に故障や発熱がみられた際、速やかに彼らに役割を委《ゆだ》ねることになっているし、キミヤもそれは把握している。それでも、自分の体に異常がない以上は、出場しなくてはならない。キミヤはこの時、強固にそう思い込んでいた。

「しかしなあお前、大丈夫ったって何かあったら大変だろうし、そもそも警察来るまで俺はこの場所から動けねえし……」

渋い顔の父親を後目《しりめ》に、キミヤは腕時計とにらめっこで考える。ここから、会場までの距離はそう遠くない。せいぜい二キロか三キロといったところだろう。集合の時間まではまだ少しある。急いで歩けばきっと間に合う。走って無駄な疲労を溜《た》めるまでもない。

「もう会場まで近いから、自分で歩いて行くよ。警察の見分に俺は別にいなくていいよね？　じゃ、俺行くから」

キミヤは助手席から足元へと飛ばされていたリュックを背負うと、父の制止も聞かずに歩きだした。本来であれば、予定していた通りに会場まで車で行って、余計な体力は少したりとも使わないのが理想だ。しかし、たまたま知人が車で通りかかって送ってくれるなんてことはないだろうし、タクシーが来そうな通りでもない。

「大丈夫、大丈夫だ、絶対、大丈夫……」

キミヤはぶつぶつと自分に言い聞かせながら、早足で歩道を歩いた。焦ってもさすがに走って行くことは止めておくが、アップだと思って歩けばいい。歩幅を大きくし、股《こ》関節《かんせつ》を伸ばすことを意識する。腕を大きく振る。そうしながら、体にダメージがないことを確認した。

大丈夫。

心でさらに繰り返した。自らに呪いをかけるような真剣さだった。

結局、集合時間ほぼぴったりの時間に会場に到着した。

「おぃす。今日遅かったな。ギリギリじゃん」

「そうか？　たまたまだよ」

いつもなら集合五分前に着いているはずのキミヤが遅かったことに、同級生一人だけが気づいて指摘してきた。キミヤは努めて何もない振りをした。事故のことは一切伏せておこうと固く決めていた。それには折角メンバーに選ばれているのだという気持ちと、あれしきの事故ぐらいで予定を変えてなるものかという、頑《かたく》なな思い込みがあった。

型通りの点呼とミーティング。これまでの練習で固めあったチームの意志を確認して、キミヤは指定されたスタート地点まで他チームの選手と共にマイクロバスで移動した。再び車に乗っていても、あの事故の瞬間はフラッシュバックとして恐れを呼び起こすようなことはない。首や腰、足にも痛みはみられない。大丈夫。問題ない。キミヤは事故の件を頭から追い出し、幾度も繰り返したレースのイメージで脳裏を塗り潰《つぶ》した。

レースがスタートしてもことは順調に推移した。付き添いの部員が、現段階の順位を携帯で確認しては、ストレッチをするキミヤに速報してくれる。五位。三位。四位。中継所の度に順位を幾つか上げ下げしながら、それでも上位をキープしていた。

キミヤが上着を脱ぎ、スタート地点で待機していた時、脇にいるマネージャーから「二位に上がりました！　ただ、まだ二位三位でかなり競ってるそうです！」と興奮気味の声が聞こえた。

「分かった！　任せろ！」

高揚した声で応じた直後、中継所の手前にあるコーナーの奥から、一位をひた走るチームの選手が見える。先頭が襷を受け渡しても、コーナーの向こうからキミヤのチームメイトはまだやって来ない。腕時計とコーナーを交互に見ながら、足踏みして待った。

一分半後、沿道の観客のざわめきと共に、二つの影が姿を現した。自分のチームと、実力が拮抗《きっこう》しているライバル校が二位争いをしている。

「抜かれるな！　頑張れ！」

声を掛けると、一つ下のチームメイトは赤い顔をさらに真っ赤にしながらペースを上げた。身体二つほど前に出て、力いっぱい握り締められていた襷がキミヤへと受け渡される。

「……よろしく！」

「おつかれ！」

キミヤは襷を受け取り、前を向く。ほぼ同時に、後輩の体がアスファルトにぐしゃりと倒れ込む音が聞こえた。前走がせっかく作った差だ、さらに引き離さなければならない。キミヤはペースを上げ、後続を突き放しにかかった。

これまで、部内でずば抜けた走力を持っている訳ではないキミヤは、選手たちと走り込みをする際にペースメーカーを任されることがままあった。その時の経験が活《い》きているのか、ペース配分には格段の自信がある。後ろの人間の足音や呼吸がゆっくりと遠ざかるように、調整して地面を踏み込んでいった。

大丈夫、イメージトレーニングからかけ離れた内容じゃない。順調だ。キミヤは速いペースを保ち、苦しい呼吸の中でそう考えた。やるべきは後輩が作ってくれた僅《わず》かな差を守り、じわじわと広げること。あわよくば先行する選手に少しでも近づいて次のメンバーに襷を繋《つな》ぐ。自分の責務を改めて見定めた。ピッチとストライドは申し分ない。フォームの弱点にも心を配って、心肺をギリギリの一歩手前でキープする。長い時間を練習に費やした成果で、肉体は従順に動いてくれた。

異変は残り三キロの地点で発生した。少なくとも、その変化をキミヤは異変と捉《とら》えた。そもそも、単なる軽い筋肉の痙攣《けいれん》だったのかもしれなかった。五時間前の自動車事故には関係ない、酷使された筋肉の小さなストライキ。それがキミヤの左の膝上部に発生した。

もし事故がなかったなら、同様の異変を冷静に筋痙攣と判断して少しペースを落とすなりの対策をとったろう。しかし、この時のキミヤは一番に事故の後遺症を心配した。ダッシュボードに打ち付けてしまったかもしれない箇所。ここが痛むということは、実は自分におかしな怪我が発生しているんじゃないのか。疑念は悪い予感を伴い、走るキミヤの思考を侵食していく。

残り二キロの地点で、後ろに足音が迫って来た。リズミカルに、一分の狂いもなくアスファルトを蹴《け》る音が、だんだん大きくなってくる。ライバル校の応援幕を持った沿道の一般人が、キミヤではなくそのすぐ後ろを見て「頑張れ！　抜かせるよ！」と声を張り上げる。

抜かされちゃいけない。懸命に足を動かせば動かすほどに、痛みが存在を主張してくる気がした。自分の足音のリズムが崩れたその時、相手がキミヤの右側を難なくかわしていった。

後ろにぴったりくっついて追走しよう。セオリー通りにキミヤはそう思うが、足がライバルと同程度のリズムをもう維持できない。だんだんと背中が遠ざかり、自分の学校の応援旗を持った中年男性に「バカヤロウ、簡単に抜かされんな！」と野次を投げられる。

ふざけんなジジイ。ＯＢか何か知らねえけど、コッチの身にもなってみろ。

悪態さえ吐きたくなったが、声を出すなど覚束ないほど喉《のど》が渇ききっている。いつも通りのドリンクでスタート前に十分な量を摂取したのに。まさかもう俺は脱水症状が出ているのだろうか、もしかしてこの筋痙攣は事故だけが原因ではなく、脱水からきたものだったのだろうか。喘《あえ》ぐように浅く呼吸を繰り返す中で、意味のない原因探しばかりが脳裏に浮かんでは消えていく。

それでも残りは一キロになった。大丈夫。だましだまし、このまま行ける。最低限、襷は繋げられる。それだけを希望に、キミヤは最後のスパートにとスピードを上げる。呼吸はすっかり上がって、肺が焼け付きそうだ。そこに、左腿の痛みがさらに強くなってキミヤを苛《さいな》む。痛い痛い、痛い。なんでか知らないけどすごく痛い。事故か。事故のせいなんだろうか。俺が原因になったって訳でもないのに、どうして罰のように俺に災難が訪れるんだろう。自問するキミヤの脳裏は全てネガティブな色に染まっている。

　肉体も心もレッドゾーンに差し掛かったところで、キミヤの心に一つの疑問が浮かぶ。もし、無理をしたせいで走ることはおろか、今後一切歩けなくなったらどうしよう？仮定に現実的な根拠がある訳ではなかった。怪我と思《おぼ》しき足の状態が医学的にどうなのかも、今のキミヤには分からない。

　いや、足がどうなろうと知ったこっちゃない。今までだって、テレビや、実際に先輩の様子を見ていて、命と引き換えでもこの区間は走り切る、とギリギリ攻めてきた選手は沢山いたじゃないか。俺だって、俺だってそうしなきゃ。

　キミヤは理性の部分でそう反論する。しかし、肉体は恐怖に悲鳴を上げた。突然に、これまで動いていた筋肉が動作を停止した。

「あっ」

　突然のことに息を呑《の》んだ時には、もう身体が前のめりになっていた。今まで走っていた慣性で、全身が容赦なくアスファルトに叩《たた》きつけられる。無意識に腕で顔面を守ってはいたが、粗いコンクリートの表面がむき出しの腕と足に刺さるようにこすり付けられた。

そして転倒の衝撃と擦傷をさらに上回る、足の痛み。キミヤは悲鳴も上げられないまま、足を抱えるように転げ回った。

意識のほぼ全てを痛い痛い痛いという思いに塗り潰される中で、のたうち廻《まわ》る自分の脇を他の出場選手が走り抜けていく気配を感じる。憐《あわ》れみと、同情と、先行選手が脱落してくれた喜びと。キミヤは痛みの反射で目を固く閉じているくせに、なぜかその選手たちの目線を感じ取る。やめろ。抜かすな。俺もまた走る。痛い。でも走れる。だから抜くな。抜かないでくれバカヤロウ。怒りと苦痛がない交ぜになったまま、キミヤの意識はそこで途切れた。

目覚めた時には、キミヤは救護テントの簡易ベッドの上にいた。目の前には極限まで渋い顔の監督と、沈んだ表情のチームメイト達がいた。選手は皆、ウェアではなくジャージを着込み、起きたキミヤを直視しようとしない。何名かは、目の端が赤かった。

……やっちまった。俺が、全部、台無しにした。

何が起きたかを思い出し、キミヤはベッドから飛び起きた。地面に土下座しようとして、全身あちこちに痛みを感じる。全力を出した後の筋肉損傷に加え、手足の擦傷、一番酷《ひど》いのが左腿だった。冷却シートで覆われているため確認はできないが、とんでもなく痛む。正座しようにもできないほどぱんぱんに腫《は》れあがっていた。無様に倒れ込んだままで崩れた土下座をする。

「すみません、みんな、監督、俺、すみませんでした……！」

嗚咽《おえつ》で言葉が出なくなりそうなのを、無理にそう絞り出した。額を床につけたまま頭を上げられない。監督は大きな溜息《ためいき》の後、口を開いた。

「お前、レース前、事故に遭ってたんだって？」

　キミヤの全身が凍りついた。息が吸えない。

「後から会場に来た親父さんに聞いたよ。なんで言わなかった？」

だって。それは。大丈夫だと思ったから。みんなに迷惑かけたくなかったから。

言おうとして、口ばかりがぱくぱくと動き、言葉は出せなかった。

「もういい。事故が関係あったかどうかは分からんにせよ、筋痙攣からの筋線維断裂と全身擦傷だ。会場撤収まで横になってろ。これからのことはまた後にする」

監督はそう言って、テントを出て行った。部員も皆、それに続く。

「自分がしたこと、分かってんのかね」

「ねえわ。先輩それ、マジでねえっすよ」

　ぼそりぼそりと、思い思いに呟きながらキミヤに背を向けていく。結局誰も、最後までキミヤのことをまともに見ようとはしなかった。

　翌日、キミヤは松葉杖《まつばづえ》をつきながら顧問に退部届を出した。顧問はその紙一枚を受け取り、「まあ、周りの状況が読めない奴は皆で走るには向かないし、自分の状況を見極められない奴は体と対話すること自体に向いてないのかも知れん。ご苦労さん。とりあえず怪我お大事にな」と言っただけだった。

　以後、他の部員たちも、廊下ですれ違うとあからさまに目を逸《そ》らし関係を拒絶していた。キミヤは皆に謝罪の言葉を重ねることもできないまま、気まずく下を向くしかなかった。

　慰めてもらえるはずがない。同情される理由も全部削《そ》ぎ取ってしまったのは自分だ。なにより他の部員に申し訳がない。残りの一年近い高校生活は、下を向いたまま過ごして終わった。暗く深い穴の底に取り残されたようだった。

　その頃のキミヤの落ち込みには、さすがの父親もすぐに気づいたようだった。

「おう。元気ねえな。足、もう治ったんだろ？」

　事故の件は先方の急停車が原因だとして早々にカタをつけていたこともあり、父親の声に深刻さはなかった。義母は友人と飲みに出て、家にいるのは二人だけだ。

「足はもう治った。内出血の跡があるけど、今は痛くもなんともない」

　キミヤは下を向いたまま答えた。仮に問いかけが軽さを装っていたのであったとしても、それを斟酌《しんしゃく》できる心情からはほど遠かった。それに父親は気づかないまま、今夜の巨人の勝敗を訊《き》くような気軽さで、缶ビールを傾けて訊いた。

「そうか。で？　部活はいつから復帰すんだ？」

「部活、やめたから。関係ない」

　言い捨てて、二階に上がろうとするキミヤを追い、父親が立ち上がった。缶ビールを置き、キミヤの肩を摑《つか》む。キミヤの掌の倍はある分厚い手が無遠慮に力を入れてくることに、ひどく苛《いら》ついた。

「なあおい。そんなにヤケクソになんなよ」

　まるで物わかりのいい父親のような声音で、キミヤの神経に亀裂《きれつ》が入る。頭の奥が痛んだように感じられた。

「大会だめだったからって、部活ひとつやめたからって、別に死ぬわけじゃねえんだし。なっ、そう気にするなって。そうだお前彼女でも作れよ、せっかく時間できたんだからさ」

　軽口とともに無遠慮に背中をばしばし叩いてくる掌が、最終的にスイッチを入れた。キミヤは父親に向き直ると、自分の肩に置かれた手を乱暴に振りほどいた。

「気にしないとか……」

　感情は沸点に達しているのに、同時に感情の四隅がひどく冷えていて、出てくる声も冷たくなる。頭のどこかで、ああ、これも思春期の反抗とか言われちまうやつかな、などと余計なことまで考えた。言うべき言葉を考える前に肺が大きく空気を吸いこむ。

「気にするに決まってんだろ！　だいたい、事故だって誰のせいだと思ってんだ！」

喉の辺りが全部裏返ったのかと自分で思ったほど、声は大きかった。父親に面と向かって怒鳴ったのは子どもの頃以来だったような気がした。キミヤはため込んでいたものを吐きだした感覚を味わいながら、父親の顔も見ずに階段を駆け上った。

その夜は枕に顔を押し付け、泣きながら眠った。父親は階段を上ってこなかったし、階下から声をかけることもなかった。自分と、親と、周囲を無茶苦茶に憎みながら眠りにつく一瞬前に母親のことを思い出した。赤ん坊の自分を置いて出て行ったという母親。自分と同じく長距離をやっていたという母親。

呪いかよ、とキミヤは思った。結局俺は、母親がやっていた競技を全うすることも、父親を納得させられるような結果を得ることもできなかった。

呪いだ。呪われてる。呪ってやる。黒い感情に囚《とら》われて、キミヤは重い眠りに落ちた。

父親との心理的な距離を広げ始めたのはこの頃からだった。言葉遣いをよそよそしくしたのもこの時以降だ。悔しいことに、父親から独立するのは経済的にまだ難しい。高校を出るのと同時に家を出て働くことも考えたが、自分がなにをやりたいかも固まらないままでは結局どうしようもない気がしていた。何より、そうするだけの気力がキミヤからは根こそぎ失われていた。

大学へは惰性で入った。部活に打ち込みすぎたキミヤの成績では偏差値の高い大学は望めず、あまり無理をしないで入れる近隣の大学を選んだのだった。学部は「経営学部にしとけ」という父親の言いなりで決まった。将来会社を継がせるつもりなのか。そう思ったが、それが自分にとって仕方のない選択肢なのかと呑み込んでいた部分もある。

　せめて、どこか遠くの大学を志して親元から離れるべきではなかったか。キミヤは入学してからしばしばそう考えた。これほど父親が嫌いなら、距離を置くことは自分にとって一番の対策だったろう。しかしキミヤは何度思い返しても、それだけのエネルギーを自分の中に認めることはできなかった。

　反発しながらも、自分で新たな道を歩むだけの力を持てない。それが尚更、キミヤの心の底に鬱屈《うっくつ》となって層を成した。

　実際に入学しても、勉強に身が入る訳はなかった。陸上や、体を動かすことにも意味を見出《みいだ》せなくなっていた。他のサークルに入りたいという意思もないし、アルバイトはそもそもやる必要がない。話をする友人が二、三人はできたが、授業後にファミレスでだらだら話をする日を三日も過ごせば話題も尽きた。

　教室や生協で人と顔を合わせることにも疲れを感じ、いつしか足は遠のいた。分かっているのだ。そんなもの気にせず、それなりに真面目に大学に通うことが望ましいのはキミヤも重々承知している。けれど前に進むためにと考えれば考えるほど足がすくみ、走ることも歩くことももう選べそうにない。サークルやバイトやボランティアと、周囲の同期が皆忙しそうにしているのを見れば見るほど、疲れそうで自分には無理だ、と諦《あきら》めた。

毎朝目が覚めて、今日こそ停滞している現在から抜け出さなければと思えば思うほど、停滞をもたらした自分自身が嫌になって身動きがとれなくなった。

俺はどうしたら本当の俺になれる？　そんな疑問に答えをくれるほど親しく付き合っている人間はいない。そもそも人と繋がる方法を忘れた。いや、自分はもともとそんなものを理解できる素養がなかったのかもしれない。思考の渦は下へ下へと暗く地面を掘り進めていった。父親が銃砲所持許可と狩猟免許の取得を勧めてきたのはこの頃だ。キミヤは応じた。父親の強引な押しに、抗《あらが》う積極的な理由がないだけに過ぎなかったのかもしれない。

無気力の塊だったキミヤは獣を殺すための道具を得た。そして、ただ得たのみだ。猟をすることに爽快《そうかい》さを感じられた訳ではない。銃を撃つことで充足された訳でもない。意義をまったく見出せないままに、父親の言いなりで北海道へと足を踏み入れたのだった。

「あのことは、悪いと思ってる」

だしぬけに、父親はぼそりと呟いた。前後の脈絡がなくても、何についてなのかキミヤには痛いほどに分かっている。すぐに答えられないでいると、二人の間で焚火がパチリと爆《は》ぜた。

「……別に、もう、今となってはしょうがないですから。足がまだ痛い訳でもないんだし」

そう絞り出すのが精一杯だった。父親は「そうか」とだけ短く言った。納得しているのか、していないのか、キミヤ自身にも分からないのだ。辛い記憶は捨て去って心機一転、新しい人生を送る方がいいことは分かり切っている。それでも両足をとられたように、どうやっても一歩も動けないのだ。

「もう寝とけ。疲れ少しでもとっておかないと、明日きついぞ」

多めに薪をくべて、父親は笹の上でごろりと横になった。こちらに背を向けているので、どんな顔をしているのか分からない。キミヤも同じように笹の上に寝転んだ。焚火側に背を向けると、上着越しに体が温まってくる。

「おやすみ」

「おやすみなさい」

どちらからともなく小さく言って、それきり父子は沈黙の夜を共有した。


翌日、二人は陽が十分高くなってから移動を開始した。主に熊の気配を探して父親が歩き回り、キミヤが付き従うという行程だ。

腕時計を確認して正午を廻った頃に、買っておいた菓子パン一つずつの昼食休憩を取った。食料は他に乾パン一袋とペットボトルの茶が一本ずつ。行動食としてミックスナッツ一袋、ドライレーズン一袋、チョコレートバー一本。二泊以上に耐えうる野営の装備もないし、もういい加減引き返す頃合いだろうとキミヤは考え始めていた。

　しかしキミヤの予想に反し、食事の後、父親はもう少しだけ奥に入ってから引き返すと主張した。

「何で戻らないんですか。帰れなかったら遭難でしょ、遭難」

「馬鹿、帰りは来た時ほど時間かかんねえよ。一度歩いてきた道なんだから」

　大丈夫大丈夫、そう笑う父親にキミヤは心中白旗を揚げた。彼はこうなると頑として人の意見を聞かない。自分のやり方をゴリ押しして、しかも大方の場合は自分が何日も徹夜してでも成功させてしまう。ワンマン経営の社長のもとで、それでも社員たちの退職率が低い理由をキミヤも渋々認めてはいた。

　再びカルデラの中心部に向けて二人は歩き始めた。単調な歩きに加え、昼食で腹が膨れた安心感からキミヤの頭は徐々に下を向いていく。ふと、視界の端に奇妙なものを見たような気がした。

「あれっ」

　自然界とはほど遠い場所で暮らす日常で、時折目にしている物質。キミヤは思わず足を止め、まじまじとそれに見入ってしまった。

　道の端に落ちていたのは、人間のそれとあまり変わらない犬の糞《ふん》のように見えた。

「この辺、犬いるんですか。野良犬とか」

「さあ、宿の人間からは何も聞いてなかったけどな。キツネのクソじゃないのか？」

再び足を動かしながら、キミヤは密かに首を傾げた。キツネの糞。親父の言う通り、多分そうなのだろう。だが、妙に納得がいかない。以前、まだ免許をとりたてのキミヤが父親に連れられて里山での猟に行った際、ガイドが『これはキツネの糞だ』と示したものはもう少し細くはなかったか。それとも北海道のキツネは熊と同じで個体のサイズが大きいとかいう話なんだろうか。

「このあたりのキツネは高確率でエキノコックスって寄生虫がいるからな。キツネや野犬の糞の中にあるエキノコックスの卵が川の水に混じったり山菜にくっついて、それが人間の体に入るとやばいから。生水飲んだら駄目だし、その辺の実とか草とか生で口に入れるなよ」

「はあ……」

確かにそんな寄生虫は怖いが、そもそもさっきの糞はキツネだったのだろうか？　考えながら歩いているうち、獣道は下りに変わった。先を行く父親の背中が少し小さくなっているのに気づき、キミヤは慌てて小走りになり後を追う。二日目の行程ももう日も傾いてきたし、こんな場所で体力を消耗して動けなくなったら目も当てられない。笹をかき分けているうち、父親がぴたりと足を止めているのに気づいた。

「……父さん？」

待っていてくれたのだろうか。そう思ったが、どうも様子がおかしい。キミヤがすぐ背後まで近づくと、大きな背中が屈《かが》んだ。

「キミヤよお。ベルト肩から下ろして、弾確認して、安全装置外しとけよ」

肩越しに地面を見ると、そこにはこんもりとした大きな糞が横たわっていた。先ほど見かけたキツネの糞などとは比べものにならない体積だ。

「まだ新しい。近くにいるかもしれん」

キミヤは指示された通りに自分の空気銃をいつでも撃てる状態にして両手に持ち替えつつ、自分の背筋がどうしようもなく引きつれたような気がした。これまで直接、熊と対峙《たいじ》したことはない。その恐ろしさはニュースや知人の鉄砲撃ちが語ったものをただ聞いただけで、これまで自分が危害を加えられたわけではない。熊を探しているといっても、結局見つからないんじゃないか。そんな安寧が、目の前の糞で消し飛ばされている。

まず、体が危機を理解して勝手に反応した。怖い。こんな、餌などどうして見つけるのかも分からないような山の中で巨体を維持し、こんなに大きな糞をする生き物。それが、怖い。キミヤはあえて軽さを装って提案した。

「ねえ父さん。あの、やっぱり、もう引き返しましょう」

「ここまで来て帰るとかなしだろ」

「だけど」

そこまで言った時、キミヤは気づいた。父親が、笑っている。手にしたライフルに充《じゅう》塡《てん》した弾を確認し、ぎらぎらとした目で辺りを見回しながら、いかにも楽しいゲームの前であるかのように笑っていた。

その表情を目にした時、自分の身体の奥で何かが冷えていくのを感じた。

「ありえない」

声を伴わずに、口の動きだけでキミヤはそう呟く。これが自分の父親か。こんな頭の悪い男の存在が、これまで散々自分を苦しめてきたというのか。

キミヤは銃を握り直した。父親は右前方に注意を払っていて、真後ろの自分は視界に入っていないはずだ。銃身を両手で支え、引き金には触れないままで、銃をゆっくりと無防備な背中へと向ける。

手が震えていた。銃口もそれにつられてせわしなく動く。しかし至近距離にある父親の背中からは外れない。手は震えているのに、奇妙な安堵《あんど》があった。

このまま引き金に指をかけて、少しだけ力を入れれば、全てが終わってくれる。

キミヤのこめかみを脂汗が流れる。銃ならば父親の方が力があろうが関係ない。この便利な道具に全てを託して、事故だったと後からいくらでも逃げ道を作れるやり方で、こんなにも簡単にこの男を殺せる。気づいてしまった可能性の恐ろしさと魅力に、背筋が勝手にぶるりと震えた。

少しだけ、欲が起こった。銃を突きつけたこの状態で、父親に声を掛けたらどうなるか。驚くのか、怒るのか、それとも絶望してくれるのか。キミヤはひとつ息を吸い、しかし喉の奥が震えてなかなか空気を吐き出せなかった。

ふと風向きが変わった。今まで向かい風で笹の葉がそよそよと揺れていたものが、急に正反対に強く吹き付けてくる。

　ザザザッ。

　乾いた笹の葉が鳴る音が、一際大きく聞こえた。天気でも変わるのか、そう思ってキミヤが晴天を見上げた直後、その臭いを嗅《か》ぎ取った。

　……生臭い。

　とっさにそう思った。何かの獣の臭い、というよりは強烈な生臭さ。生きている動物の、その体臭、口臭が豊かな毛皮に蓄えられ、さらに発酵したような臭い。これまで嗅いだことなどもちろんない。あえていえば動物園の猛獣エリアの臭いを何十倍にも凝縮したような感じか。キミヤの鼻はこの臭いから確かに危険を嗅ぎ取り、同時に睾丸《こうがん》がどうしようもないほど縮みあがった。

　ザザザザ、ザザッ。

　一層強く、笹が擦り合わされる音がした。それに負けじと、キミヤは震える声で前にいる父親に呼びかけた。

「あの、ちょっと、さあ！」

「あ？」

　幾分面倒臭そうに振り返ったその目が、すぐに見開かれる。その視点は声を掛けた息子に向けられてはいなかった。キミヤの背後の、〝何か〟を凝視していた。

「あっ」

父親の口がそう声を発するのと、キミヤが父親ごと真横に吹っ飛ぶのとは同時だった。

「ぶげっ」

肺が押し出されるような衝撃と共に、無様な声が口から洩《も》れた。左上腕と、それから左脇腹にひどい痛みを感じ、それと同時に地面へと叩きつけられる。

「ゲホッ！」

一瞬呼吸が止まって、喘ぐようにして地面を転がった。回転する視界の端に、さっと黒い影が映る。父ではない。父親よりももっと大きな体で、全身に赤黒い毛を纏《まと》った、今自分達がまさに探し求めていた生き物。

「……く、ま？」

目の前に、熊がいる。大の大人二人がなぎ倒されたのはその攻撃だったのだと、痛みと共に認識した。ああ成程、自分達が歩いている背後から近づかれていたのに、風が変わるまでそれに気づかなかったのか、気配を殺して尾行とか結構頭いいんだ、と、妙にゆっくりとキミヤは理解する。しかし、二本足で立っているその熊を正面から見上げた瞬間、それきり思考が凍った。

ゴルルルル……。

低音の響きが耳へと届く。それが、熊の唸《うな》り声なのだと分かった。そしてそこには親愛の表現などあるはずもない。その声が、立ち上がった熊の奥底から響いていた。

「……でかい」

キミヤは茫然《ぼうぜん》と呟いた。立ち上がった高さは体格を誇る父親よりも大きい。しかし何より、その壁のような肉体の体積がキミヤの全身の筋肉を縮ませた。赤黒い毛の塊のようなそれは、怒りでさらに毛を逆立てているのか、余計に大きく威圧的に感じる。その頭部で、涎《よだれ》を滴らした牙《きば》と真っ赤な歯茎が見えた。黒い毛を背景にして、そこだけ異様に生き生きとして見えさえする。

　ゴアアウウ……。

　熊は再び唸り声を上げた。その上、真っ黒な二つの目は見開かれて、足元のキミヤを見下ろしていた。

　キミヤは何か叫ぼうとした。しかし呼吸が詰まる。全身の不随意筋までもが硬直して、しかし恐怖で熊から目を離せない。やばい、死ぬ。そう思った瞬間に、周囲に怒号が響き渡った。

「何してくれてんだおらあああっ！」

　父親の声だった。同時に、ライフルの発砲音がする。キミヤと同じく地面に叩きつけられてすぐ体を起こし、手にしていた猟銃で即座に熊を狙ったようだった。

　一発、二発、三発と音が響くが、熊はそちらを見たのみで、身じろぎもしない。

　父親の、誤算と過信がそこにはあった。猟銃の熟練者である父はライフル銃の所持を認められていた。遠距離から獲物を狙え、精度を誇る火器。しかも、金に飽かせてウィンチェスターのカタログで一番高いものを愛用した上、アメリカから通販で買ったハイエンドモデルのスコープも装着するという気合の入れようだ。当然、熊にしても遠くから視認して狙う心づもりだった。

しかし、そもそも遠距離用に整えられた装備が接近戦で強い訳ではない。至近距離で弾が飛び散る散弾銃のほうがまだ相応《ふさわ》しかった。いかに高価なライフルで撃っても、動揺のなかで放たれた銃弾はぶれにぶれ、目の前の熊に当たることはなかった。

だが弾が当たらなくても、熊は自分に害意が向けられたことを理解する。

熊の腹の奥から再び、ゴルル、と低い音が響いた。それが怒りの声であることは熊の表情から見てとれた。開け放たれた口腔《こうこう》からのぞく牙の先から、透明な唾液《だえき》が滴り落ちる。熊は父親の方に向き直り、四足になって突進した。

「ひっ」

黒い巨大な塊がキミヤの目の前を一瞬で通り過ぎ、さっきの生臭い体臭が鼻を掠《かす》める。動けないままで、熊が父親に襲いかかるのを見た。

キミヤは瞬きひとつできず、指一本、動かせなかった。父親の体にのしかかり、一方的に攻撃を加える熊の背中を凝視し続けるしかなかった。熊の爪が衣服を破り、荒い息の中で皮膚を裂く。血飛沫《ちしぶき》が赤い霧のように舞い上がった。

「うぎあうああっ！」

熊が攻撃を加えるその度に、絶叫が周囲の大気を震わせた。これまで、父親のそんな叫び声を聞いたことはなかった。こんな、ただ、哀れに蹂躙《じゅうりん》されるだけの弱者の声は。

「父さん、大丈夫、大丈夫ですか⁉」

大丈夫であるはずがない。分かっていながら、キミヤは叫ぶことしかできなかった。呼応するように、悲鳴の合間に父親の叫び声が響く。

「キミヤあああっ、今しかねえっ、逃げろおおっ！」

肺をやられたのか、ごぼごぼと水が溢《あふ》れるような音が混じっていた。

逃げろ。こんなところまで人を連れてきてなんて勝手な。一瞬、キミヤはそう思った。そしてかろうじて、自分がまだ空気銃を手にしていることに気づく。地面についた右手で無意識のうちに銃身を固く握り締めている。

それを使って、熊を撃つ。

そうすべきなのだと、キミヤはこの時頭で理解している。しかし、あの巨体を口径も破壊力も小さい空気銃で倒せるものだろうか。たとえ弾が当たったとしても、怒りの矛先がこちらに向くだけではないのか。思考が前向きな選択を全て否定している。

「無、無理、無理だ！」

できない。キミヤが言う事をきかない体で壊れたように首を振っている間に、父親の悲鳴は止まった。熊はなおも攻撃を続けている。鈍く打撃を与え、肉を裂く音が聞こえ続ける。熊の黒い背の向こうに、だらりと地面に倒れ伏している父親の体が見えた。着ている服が破かれ、体の上半分ほどが真っ赤に染まっていた。

「あああああっ！」

キミヤは叫んだ。その声は辺り一面に響き渡ったが、倒れた父親がそれに応じて動くところは確認できなかった。キミヤは震えながら、銃を両手に持ち替えた。左手で銃身を支え、右の人差し指を引き金に当てる。呼吸が浅かった。当たるだなどという確証はない。それでも、攻撃の対象がこちらに向こうとも、撃つべきだ。そう感じて照準を合わせた。

引き金を引き、パンと乾いた音が響くのと同時に、キミヤは灰色っぽい影が視界を遮っていくのを感じた。

熊よりも二回りは小さな影が熊の背中に飛びつく。続いて、もうひとつ、ふたつ、と毛の塊が熊の背に齧《かじ》り付いた。

ワン、ワンワン、ガルグウウッ。

どこか耳に慣れた動物の吠《ほ》え声がする。気づくと、複数の犬の吠え声が周囲に響いていた。

「な、なんだこれ」

スコープから目を離し、改めてキミヤは自分の目を疑う。ここにいると想定していなかった生き物。犬だ。大きな犬が数頭、父親を襲う熊に飛びかかっていたのだった。

熊が煩《うるさ》そうに上体を起こし、両腕を振って自分に襲いかかった犬どもを振り払いにかかる。その長く伸びた爪からひょいひょいと器用に立ち回って犬達は逃げた。ハスキーのような灰白色の大型犬、白黒まだら模様の細身の犬、明らかに雑種の茶色の犬など三、四頭が立ち替わって熊に攻撃を与え、距離をとり、また挑みかかっていた。

「なんで、犬が、こんなとこに……」

　キミヤの当惑は痛みによって断ち切られた。銃を下ろした左の二の腕を、強烈な痛みが貫いた。思わずぎゃあっと声を上げ、痛みのもとを見るとそこには、上着の上からしっかり肉に咬《か》みついている小型犬がいた。

　チワワだった。明らかに人間に庇護《ひご》されることを前提としたような、小さな犬。古びたピンクの首輪を嵌《は》めている。チワワらしく黒くくりくりした目をしていたが、受ける印象はまるで可愛らしくはない。その目には明らかな敵意が灯《とも》っていた。可愛い犬代表のチワワが、唸りながらキミヤの腕に咬みつき、自分の体を振るようにして腕に牙をなお食《い》いこませようとしていた。

「痛てええ！　痛いって！」

　反射的に、銃を放して右手で犬を振り払いにかかる。しかし、小型犬は腕から牙を離したと思うと、すぐにキミヤの腕が届かない範囲にまで逃げていった。そのまま、こちらを見据えて上体を下げ、牙を剥《む》きだしにしながら唸ってくる。一体なんだこのチワワ、と思った瞬間に、また違う、今度はもっと大きい茶色の犬がキミヤの体にのしかかった。

「うわあああっ!?」

　熊に襲いかかっていた中型の犬が、今度はキミヤに咬みつこうと大きく牙を剥いていた。思わず、咬みつかれる直前にその横っ面を張り倒して身を起こす。キミヤは完全に混乱していた。熊に襲われて、今度は犬が父親を襲う熊を襲って、なお且《か》つその犬が俺のことも襲っている？

しかも、さっき振り払ったチワワといい、何頭かは首輪を嵌めていた。

なんで。飼い犬？　とキミヤは理解が追い付かない。

「なんっ……なんだよ、なんなんだよ、これは！」

今の叫び声に反応したのか、熊は周囲に群がる犬を払いのけながら、キミヤの方に向き直った。途端に、これまでキミヤを攻撃してきた小型犬と雑種犬が熊へと唸る対象を変える。キミヤはその隙に立ち上がり、走り出した。

キミヤは逃げた。方向も分からず、そもそも逃げた果てに何があるのか思い描けぬまま、闇雲に走ることしか残されていなかった。

父親はどうなった。銃を置いてくるべきではなかった。犬は追いかけてくるか。では熊は。そんなことが酸素の少なくなった脳をかすめるが、答えは出せない。頭は完全に真っ白になっていた。思考がまったく動かない。動かないままに、キミヤはひたすら、藪をかき分けてその場から遁走《とんそう》した。

# 名を欠いた者

雪が消えて草が生えて、太陽の光が温かさを増す。誰もが待ち望んだ春が訪れたある日の午後、その『山』に沿う道の小さなパーキングエリアに、一台の乗用車が駐《と》まった。塵《ちり》一つ残さず洗車し、撥水《はっすい》ワックスをかけたばかりの黒いワンボックスカー。リアウインドウには黄色の地に黒い文字で『Child and dog in this car』と書かれたプラスチックのボードが貼り付けられている。

エンジンはかかったまま後部座席のドアが勢いよくスライドし、中からまず少年が飛び出した。車内で長時間縮めていた手足を伸ばすと、まだ車内にいる相棒を見やる。

「ほらあ、やっと着いたよ●●●。お外出ようよ。気持ちいいよ？」

●●●と呼ばれた白い犬はのっそりと体を起こし、頭だけを車の外に出した。ピレネー犬特有の、少年のそれよりも大きな頭は外の空気から様々な情報を瞬時に読み取る。

自宅よりも標高の高いこの場所で、ようやく芽吹き始めた木の湿った匂い。その合間を飛び回っているであろうリスの気配。そして彼がこれまで嗅《か》いだことのない、様々な獣の体臭。

「着いたんだってば。ほら、外出なよ。好きなだけ走れるよ？」

少年は彼の首輪を軽く引っ張って、愛犬に広大な『自然』への回帰を促す。車内で窮屈な思いをして、せっかく好きなだけ走り回れる広い場所に来たのだから。なにせ坪だのヘクタールだの東京ドーム何個分だのという尺度では測り切れない広い森だ。ドッグランなど目ではない。純粋な善意と厚意から、少年は愛犬が心ゆくまで『自然』を堪能《たんのう》するさまを期待した。

それでもピレネーは動かなかった。人間の気配が極端に薄い森の匂いと、見たことのない獣の気配が充満して、彼に飛び出ることを躊躇《ちゅうちょ》させた。

「ねえ。もしかして、気づいてるの？」

愛犬の頑《かたく》なな態度に、助手席から降りて来た若い母親が訝《いぶか》しげに白犬を覗《のぞ》き込む。

「まさか。来たことない場所だから戸惑ってるだけだろ」

続いて、運転席から降りて来た父親が明るい声を出す。

「●●●はピレネー山脈が原産の犬だろ？　大丈夫、ここ山だし、ピレネーほどたぶん雪積もんないし、ウチなんかよりよっぽど故郷に近い環境だよ。それに自由でいいじゃないか」

餌は。安全なねぐらは。そういった項目は口に出さないまま、大丈夫大丈夫と繰り返しながら、父親はなかば無理矢理に白犬の首輪を引っ張り、車から引きずり降ろした。ピレネーはアスファルトに硬く四肢をこわばらせながら、おどおどと周囲を見回す。喜んでいるようにはとても見えない愛犬の様子に、子どもは首を傾げた。

「●●●、やなの？　行きたくないの？　ねえパパぁ。●●●は行きたくないみたいだよ？　捨てられるみたいでやなんじゃないかなあ」

「捨てるんじゃないんだよ。○○○は去年、幼稚園をちゃんと卒園しただろう？　●●●だって同じだよ。うちを卒業するんだ。いいかい、もともとワンワンは野生の生き物だったんだ。それがもといた場所に帰る。そういうことだよ。自然なことなんだ」

「ほらあ。もう行かないと帰り遅くなるわよ。途中の道の駅でソフトクリーム食べていくんでしょ？」

焦《じ》れたような母親の言葉に、○○○と呼ばれた少年も決心がつく。いつもよりも丁寧に犬の長い毛を指で梳《す》きながら、最後の別れをした。

「じゃあね、●●●、元気でね」

それがピレネーが名前で呼ばれた最後だった。

彼は、しばらくの間、主《あるじ》の車が去った方向へと走り続けた。不慣れな下り坂。粗いアスファルトを全力で走ったことのない四肢が、やがて痛みを訴え始める。それでも気力はあった。先祖が雪山で培った体力もまた、限界は先だと告げていた。

だが車の音が完全に聞こえなくなった頃、彼は坂の途中で速度を緩めた。身体の限界からではなく、何かを悟ったかのように、足を止めた。そうして、車が去った方向に背を向け、道路を外れて山の中へと入って行った。

それまでの生活の中に小さな予兆は潜んでいた。まず、彼とその主一家は雪が溶け始めた時期、人間達が年度の変わり目と呼ぶ頃合いに転居した。慣れ親しんだ匂いが染みついた古い一戸建てから、違う町に建てられた新たな家へと、人間の都合で移り住んだのだ。

彼は住まいの変化に最初は戸惑っていたが、座り慣れたソファをはじめとした家具が持ち込まれていたこと、なにより主一家が嬉《うれ》しそうにしている様子に、次第に穏やかになっていった。見知らぬ人間が家に近づいた際に吠《ほ》える癖も、防犯の意味では必要十分な範疇《はんちゅう》だった。

だから彼自身には、新たな地で疎まれた責任はまったくない。

「こんなに大きくて、しかも人に向かって吠える犬を住宅街で飼うなんて非常識だ。近くには幼稚園や小学校もあるのに、もし万が一のことがあったらどうするつもりなのか」

始まりは、匿名の交流サイトに流されたこんな一文からだった。〝新たに越して来た一家がちょっとおかしい〟という旨の文章が後に綴《つづ》られ、白くしっかりした体を持つ彼の写真が添えられていた。道路から勝手に撮影されたものらしかった。

　この文章は書いた者の友人の、そのまた友人の手を経て拡散され、それにつれて〝飼い犬が通行人の少女を咬《か》んだ深刻な事件〟などの過去の事例が、そしてまた読んだ者の私見が、極論を含めて付け加えられていった。

　小さな地域の大きな犬の存在はネットの世界で勝手に広められ、もう誰にも止めようがなく、それによってもたらされたネガティブな結論は、全て犬の飼い主が背負うこととなった。

　そうして彼が新居に移ってからちょうど一か月後。彼は主の手でこの山まで連れて来られることとなった。家からは約三百キロ離れている山中だ。人間の車にとっては少し長めのドライブで走る距離。犬の足にとっては絶対に帰還不可能な距離だった。


　ピレネーは、山で生き始める。帰る手段がなくても、主を失っても、体が動く以上は生きる。

　降雪地方の生き物で白色をした者の多くは、白とはかけ離れた夏毛をもつ。自然界で、雪のない環境下での白は目立つ。アルビノが淘汰《とうた》されやすいのは自然界には〝珍しい〟体色が捕食者にとっての良い目印になるからだ。

　ピレネーの白く豊かな体毛は山林の生活で薄汚れはしたものの、依然〝そこに本来ないはず〟の体色を示していた。動き回れば遠方からも視認しやすい。当然、この森で最も強い生き物である熊たちは、いち早くピレネーを見つけた。

最初に彼を見つけたのはまだ若い雌熊だった。見慣れない、しかし捕え易そうな獲物と判断して、熊は犬に近づく。しかしピレネーは動じない。真っ黒な目で目の前の獣を見つめる。そこに怯《おび》えや威嚇の意図はなかった。彼は見つめ続けた。なぜなら彼は熊を見たことがなかったからだ。ただ、眼前の黒い毛の塊を見続けていた。

それは熊にとってみれば、初めて直面する反応だった。彼らが今まで対峙《たいじ》した全ての生き物は、自分達に怯えて逃げるか、毛を逆立てて逆上するかのどちらかで、いずれも熊にとっては脅威でなどなかったのだ。

しかしピレネーは違った。犬本来の行動からみればありえない、凝視、あるいは観察。感情の見えないその瞳《ひとみ》こそが、熊にとっては脅威だった。

しばし視線を交わした後、熊は背を見せて去っていった。

そうしてピレネーはまた、一頭で生きる。誰も彼を襲わない。誰も彼と寄り添うことはない。彼は所属するべき群れを失い、森の中を彷徨《さまよ》った。

ピレネーは自ら積極的に獲物を狩ることはなかった。眠る時間以外はずっと野を歩き回り、時折見つける熊の食べ残しや生き物の僅《わず》かな屍《し》肉《にく》、落ちている木の実までも口にした。

十分な栄養と熱量を保証するものではなかったが、かろうじて命を繋《つな》ぎとめる程度はできた。彼の肉は削《そ》げた。寒さから身を守るのに十分な毛の内側で、密《ひそ》かに肋骨《ろっこつ》は浮き出はじめる。痩《や》せて汚れ、それでも彼は生きた。

地面から二股《ふたまた》に分かれて伸びたナラの大木、その根元がピレネーの寝場所だった。幹でかろうじて風を避け、体を丸めて眠った。鼻を自分の尾の毛に埋《うず》める。慣れ親しんだかつての家の匂いや、主たちの複合的な匂いが、そこに残っているように鼻を鳴らして嗅ぐが、すでに彼の体臭と森の匂いしか染みついていない。ピレネーは夢に過去の残滓《ざんし》を求めて眠った。

目が覚めると、再び森を歩く。食料となるものを得ながら、ゆっくりと森を歩く。テリトリーの見回りなどではない。行くべきところを持たないが故に、ただ歩くために歩く。


ある時、彼は足元の腐葉土に臭いを感じる。それは熊が食いかけを地に埋め、そのまま忘れ去った後にも似ていた。肉が腐る刺激的な、だが魅力的でもある臭い。

鼻先を乾いた葉の間に突っ込むようにして探ると、それは土になりたての湿った腐葉土の中に埋もれていた。彼はある予感を得て、それを咬んで引きだした。

骨だった。ただし熊がよく残していく鹿の骨とは少し違うようだ。彼は少しの間、とるべき行動に迷う。いつもの鹿の骨のように咬み砕いて中の骨髄にありついてもいいし、骨自体をよく咬んで食べてしまってもいい。

しかし、自分の口腔《こうこう》から漂ってくる骨の臭いに懐かしいものを感じ、彼はそれを食物にすることをやめた。彼は骨を咥《くわ》えたままで引き返し、自分のねぐらへと帰った。

木の根元に生じた小さな裂け目に、口にしていたそれを押し込む。それは自分と同じようにかつてこの森を彷徨った、人間の大腿骨《だいたいこつ》だった。

# 孤走

晩秋の山中で日は早々に暮れ、薄い雲で周りに淡い暈《かさ》を作った月がゆっくりと昇り始める。ゆるい月光を等しく受ける緑のなか、キミヤはひたすら駆けていた。

長い時間走り続けていたため、その息は荒い。合間に、「ちくしょう」とか、「くそっ」といった悪態が不規則に漏れ出る。走っているつもりでも、ヒビが入っているらしい左の肋骨《ろっこつ》をかばいながらの逃走のため、移動速度は早歩き程度にすぎなかった。

ガサガサ、ガサッ。

かき分けられて響く笹の葉が恨めしい。なるべく、音は立てたくないのに、静かな夜にどうしても移動の音が発生してしまう。汗と涎《よだれ》と涙が意思とは無関係に流れ続けて、休憩をと足を止めても呼吸は治まらない。くるぶしの上まであるアウトドア用の靴がひどく重い。中で靴下が汗を吸ってぐちょぐちょになっている感覚がある。

上着のポケット内で揺れるスマートフォンは、電波が届かずに沈黙したままだ。進んでいる方向さえ分からない。ただ、背後からあの気味悪い唸《うな》り声が今にも聞こえてきそうで、その恐怖だけがキミヤの足を動かしている。重いザックと猟銃も失ったことは、むしろ彼の逃走にとっては有利だったのかもしれなかった。

キミヤはいつの間にか左手でナイフを握りしめていた。ズボンのポケットに入れていたこの道具が命綱となると考えていたわけではない。人間が作りだした規格品のつるつるした手触りに接していることだけが、キミヤを現実と繋《つな》ぎとめ、呼吸することを許していた。

キミヤはとうとう完全に足を止め、周囲に動物の気配がないのを確認してから、一本の木に背中を預けて座りこんだ。今、自分の身に何が起こっているのかを整理してみる。父親に誘われて北海道に来て、言われるままに熊撃ちの無謀な山登りに付き合い、揚句本当に出てきた熊に父が襲われた上、なぜか犬の群れにまで襲われて命からがら逃げだしてきた。

断ればよかったのだ。一緒に猟に来ることも、そもそも銃の免許をとるかどうかの選択からして、断っておけばこんなことにならなかった。

災禍に巻き込まれるかもしれないと分かっていながら、片足を突っ込んで抜けなくなった時、人はそれを愚かな行為と呼ぶ。例えば子どもの頃だ。『立入禁止』と書かれた場所があったとして、執着などなくても、その看板があるが為に入ってみたいと思うことがなかったか？　父親は特に、そういう傾向があったんじゃないのか？　そんなことを考えていた。

熊に叩《たた》かれた時にヒビが入ったのか、左の脇腹上、肋骨のあたりがじくじく痛むが、今は気になどしていられなかった。

雲で北極星らしきものは見えない。月や太陽の昇る方向を見れば大体の方角は確認できるかもしれないが、地図はなく、地形が頭に入っているわけでもないため、行くべき方向も分からない。

自分の空気銃も、熊に襲われた父親も置いて来ざるを得なかった。周囲には季節にそぐわず緑が多い森が広がるばかりで、方角や今まで逃げて来た道順は分からない。

やがて、キミヤから全身の力が抜け、目を開いていることにも疲れて目蓋《まぶた》が落ちた。暗闇の中で、不安と後悔ばかりが押し寄せてくる。父親と一緒にこんなところに来なければ。父親が熊にやられた時に少しでも早く、一発でも背中に銃弾を撃ち込んでいたら。父親を置いて逃げて来なければ。そんな想いばかりが堂々巡りして止まらない。

果たして父親は生きているのか。そう考えると、途端に頭が真っ白になった。あれだけ自分の頑丈さを誇っていた父だ、実は生きているのかもしれない。無理矢理そう思考の方向を持って行こうとするが、うまくいかない。頭の中心が、もう思考を拒否していた。

やがて、キミヤは独り膝《ひざ》を抱えてゆるゆると眠りに落ちていった。熊だか犬だか知らないが、寝ている間に来るなら来い、どうせもう俺は動けない。そんな捨て鉢な思いもあった。

キミヤには母親が通算三人いたことになる。一人目はキミヤの生母。彼女はキミヤが幼稚園に入園する前に家を出て行った。そのため記憶はほとんどないし、写真は一切合切父が廃棄してしまったらしく、顔も知らない。知っているのは、長距離が得意だったらしいということだけ。

その後すぐに二番目の母が家に入り、折り合いこそ悪くなかったが、家族とはほど遠い距離感を保ち、結局馴染《なじ》みがないまま五年前に出て行った。

父親が再再婚したのはキミヤが高校に入学する直前のことだった。三番目の母親は事前になんの説明もなく、父に伴われて突然家に現れた。

キミヤとは年齢が十歳ほどしか離れておらず、当初、お互いによそよそしく過ごしていた。家族という実感は薄かった。相手もたぶんそう思っていただろうと考えている。

「会って日も経ってないのに、あたしのことお母さんって呼ぶの、なんかヘンでしょ？年だって姉弟ぐらいしか離れてないんだし。良かったらサユリさんって呼んでね」

初対面の時に、本人からそう言われたのをキミヤは覚えている。授業参観日に見かける他のどの母親より見かけは若く、そして中身はさらに幼いようだった。

好意的に言えば華やか。普通の言い方をすれば派手。家族で高い寿司《すし》屋に行くという時に、べったりと香水を振りかけていく女だった。誰もが彼女の軽薄さをすぐに悟ったが、人に壁を作らずするりと懐に滑り込んでくる馴れ馴れしさはある種の人間には魅力的に映っただろうし、キミヤもその点は否定できない。ただし、それが天性ではなく客商売で培ったものなのだと看破できるほど、彼は世慣れていなかった。

　高校を卒業し、大学に入る直前の春休み、彼女はキミヤに『進学祝い』と称するプレゼントを与えようとした。それは義母自身の肉体だった。他にも女の匂いがする夫への当てつけと、自身の性欲解消。彼女にとってはその程度の、単純な理由だったとキミヤは確信している。

　あの時のことを思い出すと、キミヤは目の前がうっすらと霞《かすみ》がかったようになる。大会の失敗と部活の件で捨て鉢になっていたにせよ、どうしてあんなことを受け入れようとしたのか思い出せない。記憶が意図的に曖昧《あいまい》になっているのか、単に自分の汚さを忘れようとしているのか。正直判別がつかない。

　招き入れられた夫婦の寝室で、言われるまま義母の肌に触れた。服の上からでは分からなかった、意外とたるんだ腹を撫《な》でた時、首の後ろの皮膚が引き攣れたような気がした。

「やだあ。心配しなくてもキミくんの弟や妹は入ってないよ」

「いや、そうじゃなくて」

「入ってた方がよかった？　そういう、アレな感じにやばい方が燃える？」

「そういうのでもなくって」

黒い下着姿、いつも以上に鼻にかかった甘ったるいくすくす笑いに吐き気と欲情が入り混じる。義母に触れられるたび、心地よいぬるま湯に全身を浸しているように感じた。

「お父さんよりも良くしてね」

その言葉に九割の気持ち悪さと、一割の充足を感じた自分を、キミヤは今でも絞め殺したいと思う。いざ体を沈めようという時、父親が荒々しく寝室のドアを開けた。

なぜ父親が普段は会社にいるはずの時間帯に帰ってきたのかキミヤは知らない。薄暗い夫婦の主寝室で、父親と、全裸の義母と自分が対峙《たいじ》した。父が目を見開き、顔から首筋まで紅潮したまま右腕を振りあげた時、観念して目を閉じた。

学生時代はレスリングでならし、卒業前にプロレス団体に誘われたことを自慢していた親父だ。顔面骨折のひとつもあるかもしれないが、仕方がない。自分はそれだけの裏切りをしたのだ。心はそう納得していた。

しかし、キミヤに痛みは訪れなかった。代わりに、隣で「ぐひっ」という声とフライドチキンの関節を外した時のような音を聞いた。反射的に目蓋を開いてそちらを見ると、義母が頬を押さえて倒れていた。全身を不規則に震わせ、浅い呼吸をしている。

「このクソ女が。グチャグチャにされねえだけマシだと思え」

吐き捨てられた怒号から、キミヤは悟る。今度こそ自分も殴られる。そう感じて身を竦《すく》めている彼を見下ろして、父親は嗤《わら》った。

「おい、授業料ぐらいにはなったか。それとも筆下ろしぐらいしておきたかったか」

キミヤは返事ができなかった。目の前で父親が女を殴るという行動を目にしたショックで、うまく呼吸ができない。

父親は倒れ伏した義母を見下ろしていた。

「……そんなことまでお前に頼んだ覚えはねえな」

遠慮のない蹴《け》りが母親の腹に飛んだ。ぎゃあっという悲鳴の後、

「ごめんなさい、ごめんなさい、あたし、お母さんなのに。お母さんでいなきゃいけなかったのに、ごめんなさい」

と、壊れた玩具《がんぐ》のような謝罪の言葉が繰り返された。

キミヤに殴られずに済んだという安堵はなかった。父親の、どこか勝ち誇ったような笑顔と、体をおかしな角度で投げ出している義母を見比べ、萎《な》えきった性器からともすれば失禁しそうになるのをかろうじて堪《こら》えた。

義理の息子と安易に寝ようとした義母は屑《くず》だ。誘いに応じた自分も同様に。けれど義母を殴った父からは、それとは異質な下劣さと恐ろしさを感じた。女房に暴力を振るったこと。そのくせ、息子の自分には手を上げなかったこと。

後に幾分冷静になって思い返すと、父親は義母がそういう行動に出る可能性を感じていたのではないかとキミヤは疑った。家の中の盗聴器かカメラか、何らかの手段で事態

を察して、あの日の行為が決定的になる直前で家に駆けつけたのではないか。面と向かって父に確認する訳にもいかない分、想像はどんどんと恐ろしい方向へと膨らんだ。そしてその父親の血が自分にも流れているのだという事実に、ことさら慄《おのの》き絶望した。

三番目の母親が逃げ出して、広い家の中で家族は再びキミヤと父親だけになった。その時初めてキミヤは、これからいくら女を家に迎え入れたとしても、それは決して自分の母代わりにはならない、自分には父親しかいない、あの恐ろしい父親しかいない、そう刻み込まれるように認識した。自分はこれからも、母親というものを得ることはない。あの男の息子であることから逃れられない。その事実が腹の中で重い。

実は自分は胎盤を通して生まれたのではなかったんじゃないのか。ことによると父親のクローンか何かかもしれない。しかも劣化物だ。父親を超えることなんて無理だ。平然と女を殴るような恐ろしい、単純な力だけを基準に生きている父親に何ひとつ刃向かえもしなかったのだから。

そう思った時、妙に腑《ふ》に落ちた。自分は、そもそも欠けた存在なのだ。心に黒々と、劣化コピーという言葉が貼りついたまま、何もかもが輝きを失っていくように思えた。自分の人生や将来はもちろん、周囲のどんな事にも明るい価値を見つけられない。あらゆることへの興味を失っていた。

自分が欠陥品だという意識がますます黒く植え付けられ、合格したはずの大学に足を向けなくなり、自室へと引きこもった。そして結局父親の言うままに従って、銃砲所持許可を取得した。

　銃を手にしても、それはキミヤの自信には微塵《みじん》もなり得ない。実弾訓練ではやはり父親の成績に遠く及びもつかなかった。最低限、自分と連れを撃たないように手順と道具の扱いに気を配るだけ。

　劣化コピー。

　キミヤは自身をそう呪い続けた。父が恐ろしくて憎い。そしてその父を超えられることなどない。その呪いが薄れないまま、北海道でこんな事故に遭遇することは予想もつかなかった。劣化コピーである自分が一人になった時、どうするかなど、考えたこともなかったのだ。

　今自分が直面している恐怖から思考を振り払うかのように、キミヤの意識は過去の自分について思い出していた。ある意味では犬や熊の恐怖よりも不快な過去を、嫌だというのに思い浮かべてしまう。そんなものを招いた疲労と自分の弱さを、キミヤは呪った。

　過去を思い出すのが嫌で、キミヤはうっすらと目を開いた。周囲は相変わらず、月に照らされた森が広がるばかりだ。夜の静寂に混じって、そこかしこで虫の声が聞こえる。ああ、秋だもんな、と感じる。

そしてふと思い至る。季節は確かに秋だ。しかし、この山に登る前、平地で鹿を狙っている時も、虫の声など一度も聞かなかった。北海道では、本来この時期にはもう大概の虫は死ぬか越冬に備えているだけだ。虫の声が聞こえるはずがない。

しかし周囲では相変わらず虫が鳴いている。そういえば、父親はここは地熱があると言っていた。生えている木も季節がずれているように葉を残している。そういえば晩秋の割に気温は高いのか、昼と比べて寒いには寒いが、この格好のまま昨晩眠っても、凍えるほどではなかった。

「イレギュラー、なんだな、ここ」

考えてみれば、野犬がこんなところに集団でいるなんて聞いたこともない。中には首輪をしているものもいた。こんな山中で人が住んでいるはずはないから、棄てられた犬のなれの果てなのかもしれない。どちらにしてもまともではない。気候もイレギュラーなら、住んでる生き物もイレギュラーか、と妙な納得をした。

「なんで、こんなところに来たんだよ」

ぽつりと、キミヤは誰にともなく呟《つぶや》いた。一度口に出してしまえば、やり場のない不満が次から次へと立ち上ってくる。

なんで俺がこんなとこ居なきゃならないんだ。誰か助けろよ。警察とか救助隊とかあるだろ、今の世の中さあ。そりゃ一般の人間入っちゃいけないとこ入っちまったのは悪いと思うが、別にそれ俺がやったんじゃなくて親父が『大丈夫だよ大丈夫』っていつもの調子でムリヤリ来ちまったのであって、俺は基本的に引っ張っていかれたんだ。それにこんなおっかねえ熊とか人を襲う犬がいるなんて全然聞いてなかった。というか何なんだあの犬ども。軍用犬とかっていうなら人間より強いのかもしれないが、ペットみたいな犬が群れになって歯むき出しにして威嚇してくるってマジか。それとも、あれもしかして威嚇じゃなくて、狩り？

狩りなのか？　だとすれば。

何を狩るつもりでいる？　人間である自分か？　もしかして自分は、犬の餌として殺されかけたのか？

「熊が人間食うってんならともかく」

思わず口を突いて出た。いや、熊にだって食われたくない。食われたくないが熊より犬に食われて死ぬ方が、はるかに情けない気がする。

「犬に襲われて、殺されて、食われて、で、ゆくゆくは犬のウンコになるとかありえない……」

口に出して、そのおぞましさに身震いした。

しかも熊のところにいた犬の中にはチワワのように見える小型犬までいた。人間に庇《ひ》護《ご》されるペットの象徴のような彼らが自分を殺し、この肉を咀嚼《そしゃく》し、排便をするところまでキミヤは想像した。

「嫌すぎる。嫌すぎるだろそれ……」

他に誰もいない山奥で、たった一人で、銃も失ってこうして膝を抱えている。

その危険にさらされた状況が一秒ごとに深刻さを増していく気がして、キミヤの体は勝手に震え始めた。夜は彼らの時間だ。彼らの食欲に蹂躙《じゅうりん》されるとしたら、夜がもっとも恐ろしい。

その時、はるか遠くから犬達が集団で吠《ほ》える声が聞こえた。

おおん。うおおおおん。おおん。

数頭の犬が、長く細く声を響かせ、それがハーモニーのように重なっていく。

俺達はここにいる。この勢力が、ここで生きて、お前を狙っている。

犬の声に、これまで感じたことのない意味をキミヤは感じ取る。身体の芯《しん》に、理屈なしの過大な緊張が走る。遺伝子に刻み付けられた祖先の記憶がそう告げているような気がして、恐怖から無意識に両手で自分の体を抱いた。

# 不死犬

かつて北海道の食物連鎖の中で、熊と並んで頂点にいた動物がいた。エゾオオカミ。人に媚《こ》びず、群れを率いて狩りを行い、繁栄した肉食獣だ。

しかし彼らは滅びた。とある節目から急激に増えた〝家畜〟と呼ばれる動物に目をつけたためだった。

オオカミにとってみれば、鹿などと違い、家畜は人に慣らされ、太らされ、鈍重だ。しかも囲いの中にいる場合が多い。一度自分も囲いの中に入ってしまえば、もうその外へ逃げられることはない。容易《たやす》く捕獲できる。さらに沢山いる。脂身が多く食料としても優良だ。天国が突然出現したようなものだった。

しかしその天国は彼らを絶滅させることになった。まるまると太り出荷されるはずだった牛が一夜で無残な姿に変わり果てる。牧場主たちは、当然、怒った。すぐに、銃火器による駆除と毒餌《どくえ》の投入が行われた。

　オオカミが今まで知覚したことのないストリキニーネの存在は、毒としては捉《とら》えられない。疑うことなく、肉塊にかぶりついた。まず群れを率いる雄、次に雌と幼い子たちがご馳走《ちそう》にありつく。

　効果は甚大だった。皆が皆、体内に入りこんだ毒に苦しみ、悶《もだ》えながら容易く死んでいった。そして最後の一頭さえも消え去り、この島に古くから生息していたオオカミは完全に絶滅した。

　牧場主たちは当然、歓喜した。これでもう家畜が襲われることはない。心置きなく家畜たちを放牧に出せる。

　少なくとも当時は心の底からそう思い、喜んでいた。

　熊も時として牛馬や羊を襲ったが、彼らは基本的に単体行動のうえ、大柄な体のためにオオカミのように囲いを潜《くぐ》り抜け、内部の動物にまで牙《きば》にかけるような真似ができない。

　家畜を襲う獣が減った。そして、鹿を襲う獣も減った。天敵がいない環境下での家畜の増減は人間の管理によるものだが、鹿の場合、その繁殖を管理する者はいない。結果として、野生の鹿が急激に増えた。

　彼らは草食動物だ。その体を維持するために、四つの胃による反芻《はんすう》を駆使しながら大量の植物を摂取する。目の前には牛が放たれる牧草地がある。食べやすく、柔らかく、栄養価の高い牧草が彼らの胃をもてなした。

しかしやはりその行動は牧場主たちの望むことではない。まず、畑への侵入を防ぐために、自分達の敷地の外周を金属のネットで囲った。人間の背丈よりもよほど高い柵《さく》。さらにそこに、高圧の電流も流した。そして、ハンターを配した。

鹿たちは臆病《おくびょう》であるが故に学習能力を有する。

〝ココニクルナ、キタラコロス〟

人間達のメッセージを鹿たちは的確に理解する。理解しながら、その抜け穴を見《み》出《いだ》していく。

猟銃の使用は夜間は許されていない。つまり、陽が沈んでから翌朝昇るまでの時間、彼らは突然首の血管をぶち抜かれることを恐れずに済む。電流の流れる柵も、経年劣化やずさんな設置により破損している箇所もある。それらの抜け穴を駆使し、草を失敬しながら、鹿はさらに増えた。

そうして増頭した結果、食物が足りなくなり彼らは周囲に自生しているハマナスさえも食うようになった。棘《とげ》に覆われ、かつては全く口にしなかった植物だ。それさえも食べねば群れを維持できなくなってきていた。

同じようにして、山に生えている木々の皮を剥《は》いでは食べるようにもなった。表皮をこそげ取られた木々は傷み、最悪の場合、枯死してしまう。

それは確実に、かつて鹿を捕食していたオオカミの絶滅から始まっていた。

「北海道の森林にオオカミを再導入すべきだ」

そんな折に出てきた声がこれだ。

提唱したのは一人の民間人だった。チェーン系のリゾートホテルで自然観察ガイドをしている男で、学生時代にアメリカに長期留学していた経験がある。自分が訪れたことのあるアメリカ・イエローストーン国立公園を実例として引き合いに出し、声を上げた。肉食動物がいないからこそ生態系が崩れているのだ。この状況を是正するには、再びこの地にかつてのようにオオカミを戻すしかない、と。

彼の熱意は本物だった。言葉に説得力はあったし、なにより北海道の自然に対する危機感は多くの人の注目を集めた。

しかし彼の目論見《もくろみ》とはまた別に、オオカミ抜きで時を経た自然環境は、現在独自のありかたで厳然と存在している。そもそも、広さだけとっても北海道とアメリカの国立公園では桁《けた》が違う。産業の密度も違う。そして人々の動物に対する意識もまた異なるのだ。

北海道において一軒あたりの農家で飼育している家畜数は、アメリカの十分の一程度のものでしかない。それはつまり、万が一オオカミに家畜を食われた際の影響の大きさに直結するのだ。相当な額の補償が要る。それは誰が負担するというのか？

理想を現実に実行する段になって、これらの問題が大きな壁となって彼とその支持団体を阻んだ。その壁は農業団体であったり、反対派の学者の論文であったりしたが、いずれにせよ北海道のオオカミ再導入論はお蔵入りとなった。

オオカミ計画を提唱した男は持論を引き上げざるを得なかった。その頃には悶着《もんちゃく》を嫌った勤め先から解雇を言い渡され、個人での自然ガイドを始めている。持論は表に出すことができなくなってしまったが、個人的なオオカミへの愛着は捨てがたく、彼はオオカミ犬を自宅で飼い始めた。純粋なオオカミと、人間の手で飼い慣らされた大型犬との間に生まれた、野性味溢《あふ》れる美しい猛獣。喪失を埋めるように、彼は山中の自宅でその飼育に没頭した。

〝彼女〟は十頭のきょうだいの下から二番目に誕生した個体だった。

輸入で手に入れたオオカミ犬の雌は、予定通り妊娠した状態で彼の手元に落ち着いた。オオカミの父とハスキーの母親との間に生まれた雌、それにさらに他のオオカミの個体を掛け合わせた子ども達。つまり、彼女たちは皆、七十五パーセントオオカミの血を引いていることになる。

彼女はきょうだい達の中でもっとも元気が良かった。ゆえに飼い主夫婦に可愛がられ、他の子犬が里親に引き取られることが決定する中、彼女だけは手元に残されることを早々に決められていた。

「よし、ラウダだ。お前の名前、ニキ・ラウダからとってラウダな」

「ラウダっていうより、ラウドの方がいいんじゃない？　キャンキャン元気で煩《うるさ》いし」

「いや、やっぱりラウダだよ。不死鳥ラウダ。あやかって丈夫に育てよ、ラウダ」

夫婦は機嫌よく、大きな頭と短くて太い足を持つ彼女を撫《な》でた。

自分の名前のもとになった男のことを子犬自身は知らない。ニキ・ラウダ。彼女にとっては固い地面を走る鉄の塊、それを競わせるフォーミュラ・ワンという自動車レースの舞台で戦っていたオーストリア人の名。一九七六年、ニュルブルクリンクの粗い路面のコースで事故を起こし、頭部に深刻な大火傷《おおやけど》を負った男。そしてそのケロイドを抱えたまま復帰し、後に頂点に立った不死鳥。

ラウダ。その世界の心酔者であれば尊敬とある種の憧憬《しょうけい》を以《もっ》て呼ぶ、その名を、彼女は戴《いただ》いた。真新しい真っ赤な首輪には“LAUDA”と刻まれた金属のプレートが付けられている。

もちろん、飼い主が自慢げに当時のレース映像を見せても、彼女は画面に映る物憂げな瞳《ひとみ》の男には微塵《みじん》も興味を抱かない。ただ、飼い主が自分を呼ぶ、発せられたその言葉の響きは気に入った。短く、聞き取りやすく、スチュワートとかファンジオとかいう他のどの同居犬の名前とも間違うことはない。

ラウダ。それが自分を表す単語なのだと、彼女は理解した。いくら飼い主から遠くにいようと、ラウダ、と呼ばれれば即座に馳《は》せ参じた。その名がその後の運命を支配することを、彼女はこの時まだ知るはずもなかった。

愛くるしい子犬時代の後、彼女が疎まれるようになるまで、時間はかからなかった。

幼い頃は、その体格に似合わぬ太い足と鋭い目つきはむしろ愛嬌《あいきょう》として愛されていた。白っぽい毛色のもこもこした幼い犬。しかし成長するにつれ、その体格の大きさとよく吠《ほ》える性質は飼い主夫婦を悩ませるようになった。

体は成長してもまだまだ中身が子犬だった彼女は、些細《ささい》なことで吠える。住処《すみか》を同じくする同胞に、主人に、自分がいち早く危険を察知して知らせる。誰に教えられた訳でもない、彼女の本能からとられた行動だった。時には屋外のキツネの気配に一晩中吠え続けた。

他の同居犬や母親のオオカミ犬は輸入される前にトレーニングされていたから無駄吠えすることはなかったし、シーズーと豆柴《まめしば》も幼い頃にコーチングを受けていたため静かで従順だった。しかしラウダはそうではない。

彼女は、幼い頃膝《ひざ》に乗って撫でられた記憶を捨てられなかった。二本足で立てば人間の背と並ぶほどになっても、人を見れば立ち上がって抱っこをせがむ。初対面の人間に対してもそれを行った結果、押し倒してしまうことも度々だった。

すべてはまだふわふわした子犬の時に〝いけないこと〟と教えられるべきだった。しかし遅い。体が成長してから行われた粗相に、飼い主はようやく叱り始める。しかし全てのタイミングが遅い。ラウダは怒られた理由を理解しないし、青筋を立てた飼い主に恐怖を抱くようになる。そして混乱の中で、また吠える。また怒られる。その繰り返し。

つまり飼い主は犬の主《あるじ》としては未熟だった。適切な知識もなく、この大型犬を飼い始めたところに悲劇の芽があったのだ。しかし彼らはそれを自覚しない。自覚しないままで、時間はどんどん彼女の肉体を成長させた。

もう散歩の際もリードを使ってはいられない。ラウダは力の強さでもって強引に飼い主を引っ張り、転倒させること数度。仕方なくリードなしで犬を放ってみたところ、それを見とがめた近隣の家から行政を通して即座にクレームが入った。

飼い主たちは追い詰められていく。確かに犬は人間のことが大好きで、愛嬌はある。だが無駄にでかい。無駄に吠える。無駄に力が強い。無駄に近隣とのトラブルを招く。

そして自分達にはそれを制する力がない、と。飼い主夫婦はそう認められれば良かったのだ。その上で、犬を的確にリトレーニングできる施設なりにラウダを預ければ良かったのだ。しかし彼らは自分の無能を認めたくない。結果として、ラウダは責められた。自分たちの管理能力以前に、ラウダが駄犬なのが悪い。駄犬は力によって罰せられるべきだ、と。

その頃になると、もう飼い主は彼女に対して怒鳴らなくなった。怒鳴る代わりに、掌《てのひら》で叩《たた》いた。驚きと混乱でラウダは吠える。今度は拳《こぶし》で殴られる。怒りで唸《うな》ると、次は蹴《け》飛《と》ばされる。暴力は繰り返され、しかしラウダが学習すべきことはそこには何一つない。混乱と痛みの中で、彼女の吠え癖はより酷《ひど》くなった。

　そして決定的な出来事が起こる。冷たい雨が降る春の夜だった。夜中になっても吠え続けるラウダに、寝間着姿の飼い主はただ、ちっと小さな舌打ちをした。目の下にくまを作り、その目でラウダを睨《にら》みつけた男は、もう怒鳴らないままにラウダの腹部を蹴り上げた。

「キャウン」という、「私は負けました」という分かりやすい声は出なかった。代わりに「ゴゲッ」と奇妙な声が勝手に喉《のど》からせり上がった。そのまま、ラウダは受け身も取れずに木の床へと叩きつけられた。

　間髪を容れずに首と足を力任せに捻《ひね》り上げられる。痛みと混乱に見舞われたまま、ラウダは文字通りに首根っこを摑《つか》まれて屋外へと放りだされた。今度はむき出しの土にラウダは叩きつけられる。無言のまま、飼い主は扉を閉めた。雨が彼女の体毛を濡《ぬ》らしていく。しかしラウダは立ち上がれない。痛みで呼吸が不規則になり、もう吠え声ひとつ上げられなかった。閉じられた扉が再び開く気配はない。

　飼い主に蹴られた腹は損傷を負った。まだ子を持ったことのない子宮が、腹腔《ふっこう》の中で腫《は》れ始めていた。屋外のケージに母親が入っていたが、厳格な訓練を受けた母は、決して吠えない。ラウダが痛みの中で転げ回っていても、閉じられた扉はいつまでも開かない。雨の音だけが響く。

蹴られた腹も、捻り上げられた前足も、叩きつけられた全身もダメージは大きい。冷たい雨の中、彼女はかろうじて立ち上がる。そして歩いた先は家ではなく、その反対方向にある裏山の方角だった。

足を引き摺《ず》り、雨でずぶ濡れになりながら、ラウダは山の奥へと足を踏み入れた。

彼女の内臓は内側から膿《う》んだ。蹴られて損傷した子宮は自己修復不能で、徐々に腐り始めた。そうして彼女の体は熱を持つ。痛みと高熱に苛まれながらもラウダは歩いた。

山に入って一晩が経ち、二晩が経った。頼りにすべき臭いの感覚さえ薄れていく。それでも、目的の場所などないまま森を歩き続けた。本来、犬の身には耐えきれない負傷と疲労を負っていたにもかかわらず、ラウダは動くことができた。オオカミの血を引く彼女の肉体的な強靭《きょうじん》さと、死に身を委《ゆだ》ねまいとした本能がぎりぎりで彼女を支えていた。

彼女は山の奥へ、奥へと足を踏み入れる。周囲の景色はより荒涼としてくるが、ただ歩みを止めまいとするラウダには気づけない。やがて、ふつりと意識が途切れ、その身は奥地で独り倒れ伏した。


ラウダが倒れるのを近くの枝に留まって待っていたカラスたちが、われ先にと舞い降りる。そこに、白い大きな塊が走り寄って来て、追い払われた黒い影たちは名残り惜しげに空へと身を翻した。

白い塊はピレネーだった。この山に捨てられた当初と比べて瘦《や》せこけ、老いて、その長い毛は汚れてからまってはいたが。彼は倒れたラウダの口元に、咥《くわ》えていた肉塊を置いた。半分以上が欠けたユキウサギの肉だった。肉には千切り取られたような断片が細かについている。カラスが大事に食《は》んでいた肉を、ピレネーは奪って来たのだ。

やがて鼻に流れ込む食物の匂いにラウダは意識を取り戻す。目の前に座っている白い大きな犬に唸りはしたが、それが敵意のない目でただ自分を見ていることに気づき、落ち着いて供されたウサギの肉を食べた。

数日の間、彼女のもとにピレネーはこうして肉を運び続けた。最初は動けなかったラウダの体に活力が戻る。彼女は再び四本の足で地に立った。

その後もピレネーは彼女を庇護《ひご》し続けた。それはガード・ドッグとして家畜を守ってきた種としての本能であり、個体の意思でもあった。

彼はラウダが自分で獲物を確保できるようになるまで食物を確保し、食べさせた。彼女が負傷からのひどい発熱で呻《うめ》いている時はその体を舐《な》めてやった。眠る時はハスキーのそれよりもたっぷりとしたアンダーコートを有した体で包んでやった。

ピレネーはラウダにとっての庇護者であり、ラウダはピレネーにとっての被庇護者となった。

それは二頭にとっての生き直しだった。

もともと高齢だったピレネーは、ラウダが病から立ち直るのと引き換えるようにして、着実に衰えていった。ある朝、共にねぐらで眠っていた彼の体は動かず、冷たくなっていた。ラウダは一声だけ吠えてから、その場を去った。同族の屍《し》肉《にく》食いは時として重篤な病をもたらす。ピレネーの死の臭いは本能的に彼女をその場から遠ざけた。

ただひとつ、ピレネーが木の洞《うろ》に置いていた人間の大腿骨《だいたいこつ》を、彼女は名残りのように咥えていった。自分を庇護してくれたあの大きな犬はもういないが、しっかりと咥えた骨からはもう遠い人間の匂いと、それからピレネーの唾液《だえき》の残滓《ざんし》が感じられる。宝物だった。


　やがて彼女は山の中で同族と出会った。一度だけではない。大きな犬小さな犬、若い者老いた者。様々な犬の匂いを感じ、彼女はむしろ積極的にその存在を追った。そうして対面した同種たちとまずは威嚇し合い、戦う。殺し合うためではなく、どちらがより強いのか、証明するために。

　大抵は彼女の勝ちだった。単純な体重差でも俊敏さでも、血が混じったオオカミ犬に勝てる〝元〟飼い犬はいなかった。

　敗北者の多くは尻尾《しっぽ》をぴったりと尻《しり》につけて腹を出し、恭順の意を示した。ごく少数は従うこともなく、ただ背を見せて逃げ去った。その後彼らの姿をラウダが目にすることはなかった。この山の中から逃れたのか、それとも〝独り〟では生き抜くことができなかったのか。

　ラウダに敗北し、付き従う犬は増える。彼女の後ろを歩く犬は、二頭が三頭に。群れが合流して八頭に。やがて適切なサイズ同士の犬は交配し、子らは皆で守った。そうして群れは育っていった。長《おさ》は常にラウダだった。

　彼女自身は痛めつけられた子宮のせいでもう子を持つことはできず、そもそも発情、交配というコミュニケーションをとることもなかったが、他の犬を庇護し続けた。かつてピレネーが彼女にしたように、他の者を守り、食事を分かち合い、共に眠る。小さく閉じられた循環の中で、ラウダは犬達の長であり続けた。

# 翻意

キミヤはただ独り、膝《ひざ》を抱えて震え続けていた。

呼吸が浅い。そして速い。空気が肺まで届かずに、気管と口とを往復しているだけのような気がしていた。そして自分の頭が痺《しび》れているのを感じた。中心からぼんやりと霞《かすみ》がかっているようで、細かいことが考えられずにいる。脇腹の痛みだけが時折、稲妻のように知覚に届いて肉体の損傷を主張していた。

「疲れた……」

茫然《ぼうぜん》と呟《つぶや》くと、言葉の通りに全身が重石《おもし》をつけられたように重くなる。道もない山中を、ろくな休憩もなく夜まで逃げ回ってきたのだ。それも、圧倒的な力を振るう獣の存在を感じながら。

「本気で疲れた……」

言葉を繰り返して、そのままずるずると横になった。地面には落ちたばかりの葉が敷き詰められており、意外にもふわりと柔らかい。茶色い葉は完全に乾いてはいるものの、その下の土は濡《ぬ》れていて、防水のパンツと上着ごしにも湿り気を感じた。

腰に巻いてあったウエストポーチをまさぐる。父親と共に熊に襲われた際、ザックは置いてきてしまっていた。ウエストポーチにはより必要度が高い道具が入れてある。詰めたのはキミヤ自身ではない。父親だ。荷物の準備やパッキングは、父親が勝手に行っていたのだった。キミヤも為《な》されるがままにしていた。

アウトドアウェアとお揃いのブルーのウエストポーチの中には、小サイズのカロリーメイト、ナッツとドライフルーツ入りの外国産チョコレート、棒状になっているマグネシウムのファイヤスターター、防水マッチ、やたらと大きなビクトリノックスのナイフ。ツェルトがないのが悔やまれた。あれがあったら、野宿ももう少しマシになったし、目立つ色だから捜索がかかった時に有利だったかもしれないのに。

キミヤはナイフに収められた全てのギミックを、赤いプラスチックの本体からひとつひとつ引きだしてみた。約七センチの中型ナイフ、二回りほど小さい小ナイフ、缶切り、栓抜き、小さなノコギリ、プラスチックの爪楊枝、コルクスクリュー。

中ナイフ以外、どれもキミヤは使った覚えがない。機能は多いが、実際に使う機会のないものばかりだ。買い与えた父親は想定外の『もしも』に備え、なるべく多くのブレードが入ったものを選んだらしいが、本体が大きすぎて却《かえ》って使いづらそうだ。

「こんな機能多すぎるナイフ用意されても、俺使いこなせないし。大体、こんな山の中でワイン開けることなんてあるわけないし」

へっへっと力のない笑いが浮かんだ。結局、父親も息子の前でアウトドアやサバイバルの達人のふりをしていても、実際のところはただの素人に過ぎなかったのかもしれない。ナイフを手にしてキミヤは今さら実感した。

「いっつもいっつも強い父親のふりをして、人っ子ひとりいないこんな山奥に連れてきて、その上熊にあっさり負けちゃって。そこまでして俺に何をさせたかったんだよ……」

口に出して愚痴ると、逼迫《ひっぱく》した精神が少しおさまり、代わりに思い浮かぶのは熊に蹂《じゅう》躙《りん》されていた父親の姿だった。かつて、怒りに任せて義母を殴っていた父が、簡単に倒されていた。

キミヤは逃げる前に見てしまった父親の肉体を思い出す。熊に倒されて動かない手足よりも、簡単に人間を打ち据えられる熊の巨体よりも、ぐったりと動かない父親の全身を染めていた血の鮮やかさが今は一番恐ろしい。

生きているのか。死んでいるのか。多分、もう、駄目だろう。そう考えても、それに対する感情が湧いてこない。動かない。麻痺《まひ》をしている。

キミヤはナイフを上着のポケットにしまいながら、大きく息を吐いた。肺の最後の空気まで吐きだして、ゆっくりと息を吸い直し、ひとつ呟く。

「ごめんなさい、父さん。俺、助けるとかそういうこと、できませんでした」

あんな時、映画なら機転を利かせて熊の気を逸《そ》らすとか、謎のタイミングで助けがやってきたりするのだろう。しかしキミヤは普通の人間だし、やられた父よりさらに力が弱いのだから、助けるなんてどだい無理だ。そう自分を納得させようとする。

自分は今、独りだ。そもそも一般人が足を踏み入れてはいけない場所で、熊やら犬やらに食われかねない状況で、自分を守ってくれる存在はなにもない。スマホは役に立たない。ちっぽけな経験は活《い》かしどころさえ分からない。社長の息子だとか、金があるとか、そんなことは命の担保になってはくれない。

そう思い至った瞬間、キミヤは寒気を覚えた。心臓が不吉な動き方をし、そこから、冷たい血が一気に全身に回ったような気持ち悪さ。総毛立ち、しかも治まらない。

「あ、ああ、あれ？　おい」

寒気に耐えて全身を丸め、自分で自分を抱きしめるように強く上着の布にしがみついた。全身の震えに押し出されて、意思に反した涙が止まらない。呼吸が不規則になるが肺が痙攣《けいれん》しているかのように、深く息を吸いこむことを拒否している。

「……怖い」

カチカチ鳴る歯の間から勝手に声が漏れた。そうだ、俺、怖いんだ。ようやく自覚して、キミヤの震えは大きくなる。

時間はきっと状況を改善してはくれないだろう。誰かが自分達父子が遭難したと気づくまで、しかもこの山で消息を絶ったと突き止めるまで何日かかるだろう？　それまで、食料も体力も削《そ》がれていくばっかりだ。時間が一時間過ぎるたびに、生存可能性は砂時計の砂のように強制的に削り落とされていくはずだ。

　餓えて、衰弱して、死ぬ。もしくは、弱っているところを熊や犬に捕まって、死ぬ。

　その二択しか思い浮かばない。しかも、いずれもとんでもなく苦しみそうだ。いっそ一思いに死んでしまった方が百倍ましなぐらいに。

　なかば無意識に、上着のポケットからナイフを再び取り出した。そのまま中ナイフを引き出そうと爪をかける。手が震えて、本体に仕込まれたバネが刃を弾《はじ》き、二度ほど落とした。刃を上手《うま》く引っ張れずに、キミヤはナイフの刃と本体の間に指を挟んだ。

「いてっ」

　わずかな痛覚の後、一瞬遅れて左手の人差し指、爪の根元あたりに小さな血の玉がぷくりと浮かぶ。大した傷ではない。だがキミヤは皮膚の上に留《とど》まる血をしばらく眺めた。

　俺の、血。血。明確に考えるでもなく、ぼんやりした頭で彼は思い出していた。最後に自分の血を見たのは確か一昨日。親父が仕留めた鹿を解体していた時だ。見よう見まねで皮を剝《は》ぐ真似事をしていたら、手が滑ってあっさり指が切れた。その時だ。

　右手に持ったナイフに月光をちらちら反射させながら、彼は具体的な手段について考える。刃の長さは掌《てのひら》の幅ほどもない。腹に刺しても、皮膚と皮下脂肪に阻まれて、先の数センチぐらいしか内臓には届きそうもない。

届いたとして、胃か、腸か。血は出るし消化器の内容物が腹の中にぶちまけられたら出血性ショックや腹膜炎で死ねるはずだ。……ただし、すさまじい痛みにのたうち回って、しかも、死ぬまで、とんでもなく時間がかかる。こんなナイフでは昔の侍のように横真一文字に腹の肉を裂くことはできないだろう。そこまで考えて、キミヤは重たく首を振った。

「俺にはそもそもそんな根性ないし」

では、心臓を、と単純に思ってもそれは無理そうだった。肋骨《ろっこつ》のすぐ下から心臓に至るまでナイフを入れるには、やはりこの刃の長さでは物理的に不可能だ。それでは喉《のど》、と考えてキミヤはまた首を振る。喉を刺す、というのは映画やドラマではよく見るが、よく考えるとあれは喉というより気管を切っている気がした。呼吸困難で死ぬのは腹切りと同じかそれ以上に辛《つら》いような予感がした。

「首か、じゃあ」

キミヤは両手で小さなナイフの軸を持ち、首の左側に当てた。手がどうしようもなくぶるぶると震える。小さなナイフを両手で持ち、力を入れて努めて震えを抑えようとするが、完全には治まらない。ようやく、頸動脈《けいどうみゃく》のあたりに刃を押しあてるかたちで震えを抑える。金属越しに、自分の脈動が手に伝わった。少し速いが、規則正しく動く自分の血流。これを、今、止めさせる。キミヤは両手に力を込めた。

目を閉じる。呼吸が浅い。これでいい、と努めて明確に思い描く。これで首を切ったらすごく痛いだろう。頸動脈だから多分大量出血する。意識がなくなるまでどれぐらいかかるのか、やったことがないから分からないが、数秒か一分ぐらいか、もがき苦しんで自分の選択を後悔しながら死んでいくのかもしれない。

しかし、生きていたってこんな山の中で、独りで、助かる見込みはない。熊か犬に多分殺されて死ぬ。しかもとてつもない恐怖を感じながら、苦しい死を迎えることになるだろう。それなら、自殺する方がまだマシな選択肢のように思えた。

そもそも大した人生なんかじゃなかった。人の役に立てた訳でもないし、むしろ駅伝のことを筆頭に、人に迷惑しかかけていない気がした。こんな自分が今後改善する見通しもない。やりたいことや、行きたいところも特にない。これから楽しい何かが待っている、と前向きな気持ちも持てない。それに自分一人が死んだところで、悲しむ人間も、迷惑に思う人間さえ、もういないではないか。

それなら自分がここで人生を終わらせるのは正しいことだ。もう、終わってもいいのではないか。

ごくりと、口の中は渇いているはずなのに喉が唾《つば》を飲み込もうとする。その音が自分の耳に届くのと同時に、周囲の藪《やぶ》が小さくがさりと鳴った。

「えっ……」

思わずナイフを首から離し、音のした方を見る。そこでは茶色の中型犬が一頭、身を低くしてキミヤを睨《にら》んでいた。

「待っ、嘘、なんでここに」

追いつかれた。見つかった。

まずそう思った。熊に襲われたあの時、この犬もあの群れにいた気がする。自分の膝下ぐらいの体高で、柴犬《しばいぬ》の血でも混じっているのか、毛が短く目はつぶらだ。道で人と一緒に散歩していたなら可愛いとでも思えたのかもしれないが、全身の毛を逆立て、肉色の歯茎を剝《む》きだしにして牙《きば》を見せている目の前の犬は、猛獣にしか見えなかった。

「やめろ、おい、来んなっ」

キミヤは立ち上がり、かろうじてナイフを両手で前に突きだした。自分よりも小さな犬一匹に、全身で恐怖した。犬はナイフなど視界に入らないのか、それとも完全にキミヤを捕獲可能な獲物と捉《とら》えているのか、グルグルと喉の奥から唸《うな》り声を上げてキミヤとの距離を詰めてくる。

……食い付かれる。もしかしたら殺される。

距離が二メートルを切った時、キミヤは何も考えず体を反転させた。痛めた肋骨が悲鳴を上げたが構わない。そのまま、全速力で藪の中に入った。

逃げ切れる算段などなかった。ただ緊張と恐怖から体が勝手に遁走《とんそう》しようとした。犬はもちろん見逃してはくれない。ワンワンワンワンワン！　と吠《ほ》え狂う声が、瞬時にキミヤの背後へと迫った。

攻撃を受けた痛みはすぐに訪れた。キミヤの右ふくらはぎの上部に、衝撃とともに鋭い痛みが走った。

「うあっ！」

犬がふくらはぎに咬《か》みついていたのだった。ほぼ同時に、足にむしゃぶりついた犬が重りとなって、キミヤは前方へとうつ伏せの状態で転倒した。それでも犬は足から口を離さず、そのまま頭を振って傷口を広げようとした。

上体を起こしたキミヤはその光景を見ていた。痛い。こけた。咬まれてる。痛い。食われる。食われる。俺の足が。

「足、に……」

現実を認識するために脳が断片を繋《つな》ぎ合わせる。全てがかみ合ったその時、キミヤの頭は真っ白になった。

「足になにすんだこの野郎っ！」

反射的に身をひねり、咬まれていない方の左足で犬を蹴《け》る。

キャヒッ、と甲高い声を上げ、犬は遠のいた。崩れた体勢で、利き足でもない左でとっさに蹴ったせいか、それほどの手ごたえはない。犬もどこかを痛がっている様子はない。それでも、反撃されたことに驚いたのか、茶色犬は再び距離を取って唸り声を上げた。

「なんだよ、お前、俺のっ、俺の足に何すんだよっ！」

キミヤは手にしていたナイフを無茶苦茶に振り回して犬へと突進した。明確な考えはまるでない。ただただ、傷つけられた怒りのままに犬へと向かっていった。

「う、うあああっ！」

ナイフを持っている右手と空いている左手の両方をでたらめに振り回す。当然、犬にナイフはかすりもしない。暴れるキミヤから距離を取り、犬はこちらの様子を窺《うかが》っている。

「この野郎、こっの、野郎っ！」

なおも手を振り回し、腕にぶつかった木の枝を折り取って犬へと投げつける。枝は犬には当たらなかったが、近くの木を直撃し、犬はそれをきっかけに身を翻して藪へと入っていった。

犬が消えたことにも気づかず、キミヤはしばし一人で両手を振り続けていた。足元の倒木に躓《つまず》き、前のめりで転倒する。

「痛《いて》えっ！」

転んだことでようやく周囲を見渡し、犬がもう去っていたことに気づく。いつの間にか、顔が大量の汗と涙でべとべとに濡れていた。

「あう……うっ……」

キミヤは意味のない呻《うめ》きを上げながら、恐る恐る咬まれた部分に手をやった。防寒素材の表面が少し破れていた。慌ててズボンを脱ぎ、アンダータイツと下の皮膚も確認した。タイツが少し破れているようだが、そのお蔭《かげ》で皮膚はそれほど深く傷ついてはいない。服が二重だったのが幸いしたようだった。

「良かった……足、無事だった」

キミヤはズボンを下ろしたまま、座りこんで大きく息を吐いた。犬に怯《おび》えて無様にもがいた自分の情けなさを感じると同時に、それでも足がそれほど傷ついていないことに心の底から安堵《あんど》した。

そしてふと気づく。なかば習慣のように足の心配をしてしまったが、もう自分は長距離を走っていない。足を気遣う必要などないのに。

なのに、犬に足を咬まれていると分かった時、自分の中で何かが切れた。頭が真っ白になって、とにかく抵抗した。自分の命を絶とうとしたナイフを犬に向けて、無様なりに生きのびようとした。

「俺。俺の体、は……」

ひとつ思い至り、犬が来る前にそうしていたように、ナイフを自分の喉へと当てる。

もうだめだ。茶色の犬に襲われる前、自分はそう考えていた。だが、……本当に、そうか？

手が動かない。ナイフの刃で自分の皮膚を突き破れない。しかしその手はもうまったく震えていなかった。動かないのは恐怖からではない。

そうだ。待て。浅かった呼吸が一度止まり、仕切り直したように肺が大きく息を吸いこむ。そして大きく吐く。呼吸を続けようと内臓が頑張っている。

そうだ。心が折れようが萎《な》えようが、自分の体は本当にただ死ぬことを望んでいるのか。足を咬まれた時、焼け付くように思ったことは何だったのか。

キミヤはいつのまにか歯をきつく食いしばっていた。奥歯からギシリギシリと音がする。

「冗談じゃない。冗談じゃないぞ……」

喉の奥から湧き出た声は低く、唸り声にも似ていた。脳からではなく、体から染み出た言葉だった。

ああそうだ、冗談ではない。キミヤはそう体が主張しているような気がした。先ほどとは正反対に、心臓が熱い血液を全身に送り出し始める。一拍ごとに、細胞の一つ一つへと焦熱が伝染していく。キミヤの思考はようやく自分の身体の変化に追いつき始めた。

自分はまだ足を傷つけられることに抗《あらが》っていた。思い返すうちに、頭が追いつき悟る。自分の馬鹿で脆弱《ぜいじゃく》な心はともかく、体は死ぬことなど望んでいない。今、発しているこの熱の正体は怒り、だ。

「嫌だ……」

キミヤは呟いた。声帯の震えと同時に左の肋骨が痛む。ヒビが入っているかもしれないが、今はもう構わない。もう一度、宣言のように呻いた。

「絶対に嫌だ。こんな所で……」

諦《あきら》めてしまう自分を許せるものか。自分の肉体が存在することを、自分が肯定しなくてどうする。死ぬまでは勝手に動く心臓を、自分が自分の都合で勝手に止める権利などあるものか。

　キミヤは歯を意識的に食いしばった。余りにも強く食いしばりすぎて、ギイイイ、と震えのような音が頭蓋《ずがい》に響く。響いている。まだ消えていない。消さない。手にしている、今自分の命を消そうとしたナイフを睨んでいた。眼圧で頭が痛い。こんなもんで死ぬんなら、俺の命はこの程度の命だったってことになる。冗談じゃない。

　キミヤはナイフの刃を畳んだ。改めてポーチの中身をひとつひとつ確認する。自分が何を持っているか。何をどう活用できる可能性があるのか。それを確かめる。全ては、生きるためだ。

　身体は怒りでどうしようもなく熱いのに、頭の芯《しん》は奇妙に冷静でクリアだった。生き残るために考えなければならない。

　もう震えはなかった。恐怖はあるが、それは必要な畏《おそ》れなのだとキミヤは自分を納得させた。取り出しやすい配置を考えて物をポーチの中に戻し、ナイフはポーチではなく一番手が届きやすい上着の胸ポケットへと入れた。

　自分は何も変われないだろう。死ぬことをやめても、状況は良くなる訳ではない。自分は自分のままで、急にすごいパワーアップなぞできる訳がなく、どうせ自分でしかない。でも意地ぐらいは張ってやる。キミヤは静かに決意していた。俺は俺を殺さない。どうせ死ぬにしても、その前にすべきことがある。

そうだ。人間であることが、文明とか知性を持っていることが、己の存在を守ってくれる訳ではない。ならば。ならば、俺も獣として自分の命を担保するしかないだろうが。脂汗を浮かべ、武者震いに笑いながら、キミヤはひとつ宣言した。

「どうせ死ぬなら、死に物狂いで死んでやる。リタイアなんて金輪際ご免だ」

だってこの肉体は、まだ怒りを養える。

なあ。そうだろう？　そう自分に問いかける。正解が何かは分からない。もしかしたらこれから、いやほぼ間違いなく、もっと痛い思いをして熊や犬に殺されてしまう。今はただ、自分で死ぬのを止めたというだけだ。死なない状態を長引かせようというだけだ。

でもまだ生きる。そう思ったことに、キミヤはこの時喜びを感じることができた。

# あいくるしく

彼を所有することは、ある老夫婦の悲願だった。

「なあ、犬、飼おうか」

仕事も退職し、老齢に至り始めた頃に出された夫の提案は、妻の、欠けたものを埋めたいという願望にぴしりと嵌《は》まった。

もともと妻の方は動物が好きで、新婚当時から再三、夫に「ねえ、犬か何かを飼いましょうよ」と頼みこんでいたのだ。しかし、「子どもができてからの方がいいんじゃないのか？」などと、すげなく却下されていた。

そして念願の長男が誕生してからは、

「ねえ、生き物を飼いましょう。犬とか猫とか」

「洋一《よういち》がもう少し大きくなってからの方がいいと思うんだが」

仕事にかまけてばかりの夫は慎重で、かつ冷静だった。判断は間違っていないが、簡素な返答は妻の〝何かを飼いたい欲〟をさらに燃え上がらせる結果になっていた。それでもこの頃はまだ、もう少し我慢すればいずれ自分の願望が叶《かな》うと妻は思っていた。

そして息子が立って歩く段になって、妻にとっては絶望的な事実が突き付けられることになる。親子三人で仲良く郊外の観光牧場に行った日の帰路で、息子が急なじんましんと咳《せき》に襲われたのだった。その日、動く生き物に興味津々だった彼が触れたのは犬と猫とハムスターとポニーと羊と山羊《やぎ》。典型的な、動物アレルギーの反応だった。

幸いなことに、息子のアレルギーは動物に接触しなければ問題なく、食物に制限は出なかった。

ただ、動物が飼えなくなっただけだ。

ただし、夫婦が夢見ていた、小さいが住みよい家と元気な子ども。その子どもと遊ぶかわいいペット。理想の未来図から、ペットは絶対に削らねばならなくなった。

そのまま二人目三人目が生まれ、妻は子育てに奮闘し、夫は懸命に働いて順当に子ども達は成長していった。そして子ども達が皆家を出て独立を果たした春、夫は妻が以前から抱いていた悲願を叶えてやることにした。

　かつて描いた理想像から、すでに子ども達は抜け出してしまった。古びたが住み慣れた家、多少の嘘をお互い抱きながら連れ添った伴侶《はんりょ》、その生活を新たに彩るべきはペット。小型犬ブームで種類も多いから、犬がいい。そうして犬を飼うことは、すぐに決定事項へと変わっていた。

　肝心の犬は最初に見に行ったペットショップですんなり決まった。栗色の長い毛を纏《まと》い、大きな目を持った可愛いチワワ。夫婦ともに〝目が合って運命的なものを感じた〟とのちに周囲に説明することになるが、実際、目が大きくて入り口近くのケージに入れられていたチワワは来客全てと目が合っていた。

　名前は名女優から取ろうと妻は犬が届く前から決めていた。この犬種に特徴的なくりくりとした目。人間の女性としてはファニー・フェイスとされ、かつ多くの人間が憧《あこが》れたあの女優の愛らしい顔立ち。オードリーという名以外は考えていなかった。

　だから、実際に犬が夫婦宅を訪れた時、それが『彼』であったことに夫婦は少なからず当惑したのだ。完全な、自身のミス。「雌」「雄」の字を確認しなかった、単純な過ちだった。

　もともと犬の性別自体は事前に夫婦間での取り決めはなかったのだが、オードリーという女性名を前提に犬との共同生活をシミュレーションしてきた妻は、犬を名付けるという初期の作業からまず見直さなければならなかった。

「いいじゃないか別に、雄でも。雄にオードリー、悪くないと思うぞ。それに、こいつ雄でも見た目は女の子っぽいんだし」

夫のほうはのんびり構えて妻を宥《なだ》めた。オードリーでも変ではないし、そもそも名前なんて大したことじゃない、要はどう大事にするかだ。そういう夫の正論は妻も理解する。というよりも、正論だからこそ理解しないとこちらが悪者になってしまうではないか。

「そう、そうよね。分かった。この子は男の子だけどオードリーでいいわよね。うん……」

腹に消化しきれない不満を抱えたままで、妻はなんとか頷《うなず》いた。

老夫婦のもとにいた時、オードリーはただただ安定した生活に包まれていた。早朝、『ママ』が連れて行ってくれる散歩に始まり、朝夕には獣医師指定の栄養バランスの整ったフード。食卓の足元でお行儀よく座っていれば、時々『パパ』がおやつをくれる。何不自由ない毎日。温かい絆《きずな》で結ばれた夫婦と一匹の愛犬。夫婦はオードリーをペットというよりも家族の一員と見なしていた。小さく、非力で、我々の庇護《ひご》が必要な、目に入れても痛くない愛《まな》息子。二人ともに彼を愛していたが、特に妻の溺愛《できあい》ぶりが顕著だった。彼女の、〝まだ母親でいたい〟という欲求をうまく満たし、オードリーは成長していった。

そんなある時、夫婦は旅行の計画を立てた。長年の念願ながらも、時季や忙しさで未《いま》だ実現できないでいた、少し長めの北海道旅行だ。当然その間、誰が愛犬の面倒を見るのだという問題が発生する。夫は当初、実に適切かつ現実的な提案をした。

「旅行の間、オードリーはペットホテルを探して、そこにお願いしようか」

「ペットホテル？」

妻は眉間《みけん》に皺《しわ》をよせ、あからさまに不服そうな声を出した。膝《ひざ》に乗っていたオードリーを守るようにかき抱く。

「そんなの嫌ですよ。ほら、裕子《ゆうこ》の会社の人が海外旅行の間、飼ってるチワワをペットホテルに預けたら、三日目に死んじゃったんですって。しかも、様子がおかしくなった時に飼い主に連絡とればよかったのに、帰国して引き取りに行った時に知らされたって話よ。ペットホテルなんて信用できない」

「それはそこが悪い業者だったってことだろ。そんなところばかりじゃないんじゃないか？　ネットで口コミを調べたりさ。そうだ、動物病院で知り合った吉田《よしだ》さん。ほらヨークシャーの飼い主の。あの人、預けて時々旅に出るって言ってたから、いいところを紹介してもらおう」

「そんなの、ネットの向こうの知らない人や吉田さんが薦めたところでも、オードリーに合わなかったらどうするの。それともあなた、オードリーに何かあったら責任取れるの？」

　妻はさらに犬を強く抱きしめて、全く聞く耳を持たなかった。普段は穏やかなのに、一度こうと決めたら絶対に自分が正しいと信じて夫の意見は欠片《かけら》も容《い》れない。そんな悪い癖に直面して、夫は心中苦虫を嚙《か》み潰《つぶ》した。責任？　そんなもの、取れるはずがない。何かあれば一生自分を悪者にして、死ぬまで責めるだろう。

「困ったね、本当に……」

　この様子だと知人に預ける、等の選択肢も妻はＮＯと言うだろう。本当の問題は旅行中の犬の扱いよりも、年老いてますます頑固な妻の扱いかもしれない。夫は腕を組んでしばらく考えた後、あまり乗り気ではない結論を口にした。

「じゃあ、こういうのはどうだろう。オードリーを私たちと一緒に連れて行くというのは」

「一緒に？」

「ほら、ペット同伴可の宿とか最近増えてきただろう。場所によっては一緒に部屋の温泉に入れたり」

「でも、そういうのって高いでしょう？　犬を連れて行っていいツアーって稀《まれ》だろうし」

　人の意見に文句が多いうえ、代替案や譲歩案にまで難癖をつける。夫は会社員時代に上司を説き伏せた要領でオードリーを旅の連れにする案について説明していく。

「値段はちょっとぐらい奮発するつもりでさ。お金はかかるかもしれないけど完全な個人旅行にしちゃって、二人と一匹で北海道を巡ろうよ」

「三人よ」

「え？」

「二人と一匹じゃなくて、三人よ。オードリーも大事な家族なのだもの」

「ああ、うん。じゃ三人でな。飛行機でオードリーを連れて行って、レンタカーで観光地に移動して、宿は三人一緒に泊まれるホテルを探す。いいと思わないか？」

「そうね、一緒に泊まるって、いいかもね……」

もう少しだ。妻の様子を見ながら、彼は一層朗らかにとどめを刺しにかかる。

「それに、オードリーと私たちが一緒に北海道旅行を楽しむことができる。オードリーもきれいな景色や美味《おい》しい空気を堪能《たんのう》できるんだよ」

「そうね……うん、すてき！　じゃあ、夏とはいえ北海道で慣れない寒さだと大変だから、オードリーのお洋服、新しいのを沢山買わなきゃ！」

目を輝かせ、すっかり犬連れの旅行に前向きになった妻を前に、夫は密《ひそ》かに、しかし確かに、旅行に行く前から盛大に疲れを感じ始めていたのだった。

旅行の予定は着々と立てられ、準備も滞りなく進んだ。全ては順風満帆。何が起こっているのか理解しようもないオードリーをよそに、夫婦念願の旅行はついに実行に移された。

犬にも老夫婦にも負担にならず、かつ行きたいところは全て回れるように設定された夢の北海道旅行。二人と一匹、妻の意見によると三人の旅は新千歳《しんちとせ》空港から札幌定山《じょうざん》渓《けい》、旭山《あさひやま》動物園、層雲峡《そううんきょう》、阿寒湖と主にペット同伴可の温泉宿を中心に回り、最後に摩周湖を見て釧路空港から帰途につく予定を組んだ。

実際に予定を辿《たど》ってみると、夏の北海道は二人が想像していたほど涼しくはなかったが、湿度の低い、からりとした気候はとても心地よかった。ペット同伴可の宿も手慣れた対応で、オードリーを連れていてもさしたる苦労はなく、旅程は着々と消化されていった。

その、最終目的地、摩周湖。夫婦がこの小さな湖を旅程に入れたのは単純に有名な観光地だったからで、特に拘《こだわ》りがあった訳ではなかった。特に期待はしていなかったが、夫婦は摩周湖西側の展望台に車を乗り入れ、愛犬を抱いて小さなその湖を見下ろし、感嘆の声を上げた。

「あらあらあら、綺麗《きれい》ねえ！」

「写真や絵葉書で見るよりもずっと綺麗だね。これは」

「しかも霧が晴れていてラッキーだったわよ、日頃の行いがナントヤラってやつね」

天候までが自分達の味方なのだと夫婦は信じて疑わなかった。

パーフェクトな旅のパーフェクトな締めくくりに満足し、緑の山間《やまあい》に見える小さな青い湖を眺めながら、妻は腕に抱いていたオードリーを地面に置いた。リードはつけていないが、彼が自分達の傍を離れるはずはない。だって今までもオードリーが自分達の目の届かないところまで勝手に行ってしまったことなんてないのだし。まさに油断としか言いようがない甘い考えがあった。

地面に降ろされたオードリーは、逃げた。

キツネなど特定の何かに興味を持った訳ではない。近くにあった何かに驚いた訳でもない。ただ、夫婦の足元から柵《さく》の向こうに茂る雑木林へと、一瞬の迷いもなく飛びこんだ。

「オードリー？」

最初に声を上げたのは夫の方だった。てっきり虫にでも興味を持ったかそれとも排便か、その程度のことなのだろうと思った。

「あらあら、オードリー、戻ってきなさい」

妻もいつもの甘い声で愛犬を呼んだ。いつもならばすぐに戻ってくる。今回だってそうだ。そのはずだ。そんな想いはほんの五分ほどで覆ることになる。

「オードリー！　ちょっとオードリー！　帰ってきなさい！　ねえ、オードリーってば！」

「おい、帰って来い！　オードリー！　驚かせようとしてるだけなんだろう？　怒ってないから、出ておいで！」

夫婦の声は徐々に荒くなり、展望台にいた他の観光客も騒然とし出す。車に置いてあったオードリーが好きなおやつを持ちだしたり、更に甘い声を出してみるが、藪《やぶ》を動かす音ひとつしない。

慌てて柵を乗り越え、山林に入ろうとした夫を周囲の人間が止める。何事かと駆けつけた売店の女性や、居合わせたネイチャーセンターの職員も柵を越えての捜索を止めた。何せここは自然保護区で、一般人が勝手に立ち入ることは禁止されているし、この辺の地形は火山活動の結果かなり複雑で、深い藪に覆われているように見えて、足元が急な崖《がけ》になっていることもあり非常に危険だ、云々《うんぬん》と説明と説得を繰り返した。

「オードリーが柵の向こうに行こうとした時に、あなた気づいていたんなら止めてくればよかったじゃない！　そうしたらこんなことにはなんなかったのに！」

「お前がリードもつけずに地面に降ろすから悪いんだろう！　俺はリードなしにオードリーを自由にさせたことなんてなかった、一度もだ！」

焦りと不安は夫婦を罵《ののし》り合わせた。互いの過失を責める段から、人格を否定しそうな勢いになったところで、ネイチャーセンターの職員がやれやれと助け船を出す。

「あの、お二人とも。ワンちゃんもちょっと山に入ってみたかっただけで、満足したらきっと帰ってきますよ。また姿を現したら、必ずきちんと保護してご連絡差し上げますから」

実際、これから釧路空港まで車を走らせ、予約をした便に乗らねばならないのだ。夫は腕時計を見ながらその時間を考えて焦り、妻は「そんなの関係ない、自分一人でもここに残ってオードリーが出てくるまで待つ」と主張した。

「そう仰《おっしゃ》るお気持ちも分かりますがね、奥さん。ここは国立公園の一部であって、しかもキャンプ場ではないんですよ。職員が不在の夜までここに居座られると、ワンちゃんどころではないぐらい、若干面倒なことになるかもしれません。そもそも国立公園に犬を放すこと自体、問題になります。まあ、ちゃんと帰ってくるなら大丈夫でしょうけどね……」

　職員の脅しを含んだ警句が効いたのか、さすがに妻も矛を収めねばならなくなった。職員は本来なら不用意に犬を放した者を咎《とが》める立場だ。それを抑えていることをほのめかしていた。

　夫婦はひとまず予定の便に乗ることにして、職員と売店の店員に自分達の連絡先を渡し、くれぐれもよろしくお願いしますと頼みこんだ。

　名残り惜しそうにレンタカーはゆっくりと展望台の駐車場から遠ざかっていった。

　見送ったネイチャーセンターの職員と売店の女性は、車が見えなくなったのを見届けると、ふう、と溜息《ためいき》を吐く。

「逃げたくなった気持ちも分かるような気がするな、あの夫婦じゃ」

「ほんとですよねえ。犬、出てくるでしょうか」

「どうかな。普通なら数日すれば人恋しくて出てくるだろうし、そうでないなら野垂れ死ぬだろうさ。そうなっても俺らの責任じゃないし」

「まあ、そうですよね」

　売店の女性は心底納得したように頷く。今ごろ、レンタカーの車内でいくらあの夫婦が愛犬の失踪を嘆いていたとしても、ここで毎日働いている者にとっては単なる迷惑事でしかない。

「最近増えましたね。犬連れの旅行者。大型犬も小型犬も関係なく。売店で、どこから来たのかさりげなく聞いてみるんですけど、本州とかから普通に来てますよ」

「マジでか。エキノコックス本州に持ち帰る可能性とか、考えたことあんのかね」

「エキノコックス自体、知らないんじゃないですかね。……可哀相ですねえ」

「気の毒ではあるんだけどね」

　飼い主がなのか、犬がなのか。対象を明らかにしないままに二人は踵《きびす》を返し、日常の仕事へと戻っていった。

　彼らの憶測は、ある程度までは合っていた。オードリーはただの気まぐれで夫婦のもとを離れたのではない。自分の意思で、飼い主から逃げた。

　自分の名をヒステリックに呼ぶ声を背に、彼は小さな体で藪の足元を駆けた。笹の茎が体を打つ。地面は倒れた笹の茎だらけですぐに足をとられそうだ。渇いてきた喉《のど》を潤すあても全くない。

今まで自分を包んでいた温かい手やブランケットには戻れない。それでも彼は、自分の足で山を駆け、肉体は充足していた。

オードリーは吠《ほ》えた。

『ご近所迷惑だから』と小さな吠え声を強いられてきた鬱屈《うっくつ》を晴らすかのように吠えた。大きく声帯が広がり、尻尾《しっぽ》の毛の先までもびりびりと震える。犬として、正しい吠え方だった。

自分を解放していることが彼の体を満たす。

オードリーは森の中で、これまで出したことのないような甲高い声で吠え続けた。

声は山の木々に反響した。反響し、もしかしたら人間達のいるネイチャーセンターまでも届いたのかもしれない。けれどその時には飼い主夫妻はすでに空港へと向かう車内だったし、センターの職員も、観光客も、この声を耳にした者はだれもいなかった。

ただ一頭、山の内側でオードリーの声を捉《とら》えた生き物がいた。

かつて人間に飼われていた、大きな雌犬。彼女がオードリーの主張を聞き取る。耳を立てて響きを捉える。

雌犬は呼応するように吠え返す。彼に自分の声を伝える為に。

いくつかの遠吠えが重なり、同じ種が存在しているのだという認識と、害意が互いにないことが確認される。

そして、二頭は距離を詰める。出合い、互いの臭いを嗅《か》ぎ、傷つけ合わないという合意を交わす。

こうして、一頭は複数に、そしてさらに出合いと合流を重ね、群れは増殖を始める。

山を駆ける彼らの数は、確実に増えていく。

# 純化

山の中で人知れず群れている犬達は、日常、鹿を襲った。ウサギを襲った。食物とするために。

そして、熊と戦った。本能的に、かの大型獣は自分達の敵だと認識した。鹿を捕食する上での対抗者であり、また、自分達を捕食する動物でもある。

そしてまた、各々負の記憶を持った彼らは、人間も襲った。山菜採りの人間が入りこむと、完全に姿を消すまで追い回した。必要ならば、傷つけ怪我もさせた。

昨日のこともそうだ。犬達の縄張り内で度々小競り合いを繰り返していた熊、彼らの敵が、二人組の人間を襲っていた。その高揚した雰囲気に、犬達は馳《は》せ参じたのだ。

結果、彼らは熊も人間も有効に傷つけることはできなかった。熊は獲物となった人間を一体連れ去ってしまったし、もう一人にはほぼ無傷のまま逃げられた。

群れのリーダーは、大きな体の白銀ハスキー系の雌だった。それに付き従うように振舞う白黒の猟犬系の中型犬。他に、色々な血が混ざったらしき典型的な茶の雑種が三頭と、混血らしきブルテリア、チワワ、フォックステリア。計八頭が彼らの仲間全てだった。

犬達は、山の中にいくつかある拠点のひとつへと帰りついた。周囲に異変はないか、体を休める前に彼らのうち三頭が自発的に近隣を調べるため群れを離れた。

そのうちの一頭、茶色の中型犬が、毛を逆立てたままで群れに帰って来た。彼の興奮は周囲へとすぐに伝わった。

近くにいる。ついこの間見た奴がいる。

斥候となった茶色犬の口と身体からは、確かに先ほどここにいた人間の臭いがした。彼らは言葉がない故に、その臭いで意識を共有した。

そうして彼らは互いに吠《ほ》えた。まず斥候に行った茶色犬が空に向けて長く吠えると、追随して他の犬達も遠吠えを始める。やがて全ての犬達が天へと首を伸ばし、声を合わせるように空へと声を響かせた。

犬達は興奮が治まってくると、一頭また一頭と、地面にその身を横たえ始めた。身体を丸め、尾の毛に鼻先を埋《うず》め、疲労した体を癒《いや》した。

翌日、彼らは十分警戒し、拠点からあまり離れなかった。すぐ傍で捕《とら》えられるだけのネズミで空腹を満たし、木の葉についた朝露を舐《な》めた。人間の気配も熊の気配も近づいてはこない。夕刻になってようやく、彼らは移動を始めた。隣の拠点に向けて、十分警戒しながらねぐらを変える。そのまま、夜が深まった頃、新しい広場で浅い眠りについた。見張りとして時折周囲の匂いを嗅《か》いで回るフォックステリアの他は、各々一定の距離をとって眠っていた。

ウウッ。

まず、フォックステリアが突然唸《うな》った。周囲の空気に一閃《いっせん》の不純物を感じて、顔を上げる。警戒の視線を木々の向こうの暗闇に向ける。続いて、気配を感じ取った他の犬達も眠りから覚めて毛を逆立てた。

ハスキー系のボスが立ち上がる。横たわっていた他の犬達もそれに続き、最上級の警戒をしながら進軍を開始する。群れの一番先頭に白黒の犬が立った。周囲を警戒し、止まり、また歩き、止まる。斥候としていくらか歩いた後、右の前足を上げてぴたりと止めた。

白黒犬は本能でそのしぐさを行った。彼自身は知らないことだが、それは父方の系統であるイングリッシュ・ポインターにみられる特徴的な行動だ。ポイントと呼ばれ、狩りの同行者に獲物の在処《ありか》を示す。

今度はボスであるハスキーが先頭に代わる。藪《やぶ》の先からは特徴的な匂いが漂っていた。有機物が焦げ、炭化する匂い。何者かが、この向こうで火を使っている。

その匂いはほんの少しだけ、ボスの記憶の隅を掃いて刺激する。かつて、彼女を所有していた人間。その暖かくて風を防いでくれるねぐらの中で、人間は木を燃やして暖をとっていた。よく乾いた薪《まき》が燃える匂い。パチリと時折爆《は》ぜた音。眠るのにもってこいの柔らかな敷物。眠った自分の頭を優しく撫《な》でてくれる手。

そんな、昔の記憶が少しの間だけ表層へと浮かぶ。しかし、ボスはそれらを打ち払うように力強く足を進める。喉《のど》の奥からウウウ、と声が湧く。身を低くし、目の前の藪を睨《にら》みつけながら、彼女は獲物のもとへと足を進めた。

藪の向こうが光り輝いている。やはり火だった。この前取り逃がした人間が独り、火を熾《おこ》してその傍らに座りこんでいる。首を下げ、動かない。好機だ、とボスの中で何かが告げた。

全ての犬が揃ったところで、ようやくボスは藪を揺らして人間に近づいた。血と、人工の香料と、鉄の臭いがする生き物。先ほど取り逃がした人間の片方。彼らは更に姿勢を低くし、新たな狩りの対象へと一斉に唸り、距離を縮め始める。

しかし犬達は、突然襲い掛かることを中断する。犬達に気づき、ゆっくりと頭を上げた人間は、その片手に、長い木の棒を持っていた。そこに武器としての意味を捉《とら》え、犬達は警戒を強める。

グルル、とハスキーの喉の奥から声がせり上がって、それを合図にしたように人間が声を出した。

「来たな。お犬様たち」

人間は発語する。犬達はその子細な意味を理解しない。しないまでも、そのゆっくりと低い声の奥から、静かな怒りを探知する。単純に飛びつくつもりが勢いを削がれて戦意は燻《くすぶ》り、犬達は警戒の姿勢のまま後ずさりした。

「火って生き物みんな怖がるかと最初思ってたけど。考えてみるとお前たち、飼い犬か元飼い犬っぽいよな」

キミヤは木の棒をぽんぽんともう片方の手で叩《たた》きながら、その場から立ち上がった。あえて言葉を口に出して、犬に語りかける。

恐怖はやはりあるのだ。さっき一頭の犬に咬《か》まれた時でさえ恐ろしかったのに、目の前に数頭の犬が自分に敵意を向けている現実に、ともすれば震えそうにもなる。それを紛らせる目的と、意味が犬に通じるわけはなくても、言いたいことは言ってやりたいという気持ちがあった。

そしてキミヤはここで、何も無為に敵の襲来を待っていたわけではなかった。父子で熊と犬に襲われたあの時、彼は犬の何頭かが首輪を着けているのを目にしていた。民家などこの近くにはないし、どう見ても猟師が連れ歩く猟犬の集団とはかけ離れていたから、彼らは捨てられたか逃げてきたかした犬だろうと想像がついた。

飼い犬は大して火を怖がらない、かもしれない。そう思い至った。ならば逆に〝自分はここにいるぞ〟という狼煙《のろし》になって彼らをおびき寄せることができるのではないか。

そう考え、キミヤはポーチに入っていたファイヤスターターで火を熾した。父親がやっていた作業を思い出し、幾度か失敗しながら、なんとか火をつけ、ここで待っていたのだった。火を養いながら、適度に握りやすそうな枝を見つけて、傍らに置いた。

自分からは死なないと、せめて抗《あらが》おうと決めてはいても、恐怖を拭《ぬぐ》い去れる訳ではなかった。それでも、戦うと決めた頭は奇妙に澄んでいて、そのために有効な行動を選択し実行に移すことができた。

たまたま、キミヤが待ち伏せを決め込んだ場所と、犬達の拠点は近かった。茶色犬に襲われた場所からそう遠くはない場所で、キミヤは犬同士が遠吠えをする声を耳にしていたのだった。

彼らの声はキミヤに聞かれていた。そして、声のもとを辿《たど》られていた。敵の予想外の登場に、犬達は動揺する。互いの動揺が伝わってまた増幅され、皆、首から背中にかけての毛を逆立てて警戒した。

「縄張りに入った俺のことが気に食わないか？　気に食わないならさ、戦うか。俺もお前たちも、もうそれしかできないもんな」

ぶん、と音を立てて木の棒が振られる。犬達はまた一歩後ずさった。

緊張が頂点に達したチワワがまず吠えた。それにつられるようにして、他の犬達もあらん限りの声でキミヤに向かって吠えたてる。群れの一番奥で、ハスキーと白黒犬だけが威嚇の姿勢のままでキミヤの様子をうかがっていた。

だが、犬達はただ吠えまくるのみで距離をとり、一向に近づいてこない。

「来ないのかよ？」

人間の声は犬達にとっていちいち恐怖だった。犬に敵対する感情を含んでいることは察する。が、内容までは理解できない。しかも、一方的に声をかけ続けられる。それは犬達にとって緊張とストレスになった。

「さっきみたいに俺を咬まないのか？　集団でワンワン吠えたてて、囲い込んで、それからどうするんだ？」

キミヤにしても、犬と対峙《たいじ》している間は緊張と恐怖しかない。棒を前方に向けながら、その手は小刻みに震えている。冷や汗がこめかみを流れた。嫌な我慢比べだな、と思いながら、声をかけ続ける。

「ほら。何だよ、棒っきれが怖いか？」

緊張と挑発に耐えきれず、最前列にいたチワワが先頭を切って駆けだした。

「うわっ」

キミヤは棒を振って攻撃する犬を牽制《けんせい》し、また距離をとる。チワワは歯と歯肉を剝《む》きだしにして、棒が届かない地点から大きな目でキミヤを睨んでいる。

「ちっこくてもちゃんと犬ってことか。チワワっぽいからってぶるぶる震えてる訳じゃないんだな。凄《すご》いよ、お前」

そう言って、キミヤは震えを抑えて一歩前に踏み込み、木の棒を振り下ろした。チワワの脳天を狙ったはずが、もう少しのところで素早く逃げられる。躊躇《ちゅうちょ》なく向けられた人間の攻撃に、チワワは箍《たが》が外れたかのように、その場で激しく吠えたてた。

「その小さい体で俺を殺しに来るんなら、来い。体格差あっても数で差があるんだし、殺されてもお互い文句無しだ」

今度は横方向から木の棒を振り、チワワを狙った。その小さな体は飛んで逃げようとしたが、飛び上がった足先を棒がかすめる。キャン、という悲鳴が響き、「当たった！」とキミヤは思わず声を上げた。

こちらから攻撃ができたという達成感と、小さな動物を傷つけたという僅《わず》かな動揺が心に湧く。しかし、自分の動揺よりはるかに大きく、犬達は動揺しているように見えた。

「なんだ。唸り声、変わったんじゃないか？」

犬がそれぞれ唸る声が、最初の頃は明らかに怒りを前面に出していたのに、今はどこか尻切《しりき》れな雰囲気が混ざり、キミヤにも犬達の目に僅かな怯《おび》えが見てとれた。

キミヤはすかさず犬達を睨みつけた。一頭一頭、ねめつけるようにその目を見据え、目の奥が痛くなるほど睨みつける。奥で控えるハスキーと白黒以外は、人間の目線をもろに受けて身をさらに低くした。それを怯えとキミヤは結論付けた。キミヤはわざとフン、と鼻を鳴らす。

「俺は戦うよ。ただお前らに追われて食われるだけの生き物じゃねえ」

キミヤは棒を握る手に力を込めた。自分はこの犬達や熊と違って鋭い爪も牙《きば》も持たない。仲間さえいない。非力で一人しかいない人間だ。奴らにとっては弱者のはずだ。

それでも、自分は抗うことをやめない。キミヤは一層力を込めて目の前の犬達を睨んだ。

「別に俺はお前らの飼い主じゃないし、生き物の中で人間の方が優れてるって訳でもないけど」

キミヤは低い声で告げた。犬達にその言葉の意味は理解できない。できないが、その低い声はこの時、唸り声として認識された。戦いに際し、背を向け逃げる意図のない声として。

「でも徒党組んでワンワン吠えられて、ハイすんませんってんじゃ、俺の、人間としての沽券《こけん》てやつが成り立たないからさ」

だから。お前らが俺を殺そうってことなら、俺もお前らを全力で殺しにかかるよ。

言葉を超えたところで、人間のその意思は十分に犬達に認識された。故に犬達は更に身構える。

ヴウウッ。

後方に控えていたハスキーがまず、本気の唸り声を上げる。倣うように、他の犬も姿勢をさらに低くして唸った。

全ての犬から怯えや動揺の気配が消えた。

「さすがだな。優秀なボスだね、お前」

大きい者から小さい者まで群れがきちんと意思統一されている。彼らの結束の強さに感心しながら、キミヤは棒を前方に突きだす形で構えた。

時間にすれば数秒に過ぎない睨み合いの間に、燃え盛る薪がパチリと爆ぜた。その音をきっかけに、耐えきれなくなった茶色の中型犬が飛びかかる。昨日、キミヤを一頭で襲って足を咬んだ個体だ。この山の中で出会った元飼い犬同士が交配して生まれた、純粋な野犬だ。人間への遠慮や警戒心がもともと薄い。敵意の塊となって、キミヤに向かっていった。

「うらあっ！」

キミヤは涎《よだれ》を垂れ流しながら突進してくる茶色犬に向かって、真っ直ぐ棒を突きだした。犬は飛びかかろうとして宙に浮いた状態でこれを受け、先端に当たる寸前でわずかに体をひねった。

致命傷は避けたが、「ギャウッ」と一声悲鳴を上げて地面へと落ちる。立ち上がったその姿に明確な負傷はなかったが、その目には明らかに恐怖の色が貼りついていた。

個体の恐怖は群れ全体へと伝染する。犬の群れに弱点があるとすれば、そこだった。キミヤを取り囲んでいた犬達は、キミヤを睨んだまま半歩だけ後ずさった。

「熊でも犬でもこの場所じゃ戦うしかないんだろう？　俺を混ぜろよ。お前らとも熊とも戦ってやる」

キミヤは嗤《わら》う。自暴自棄ではなかった。ひりひりとした緊張に身を晒《さら》し、死ぬかもしれない恐怖に身を浸しながら、心のどこかが笑っていた。少なくとも、この犬どもは自分の命を懸けて俺と戦おうとしてくれている。

この山間《やまあい》の奇妙なカルデラでは、そうだ、命とやらは等価値だ。キミヤはそう思い至る。体がでかいとか力があるとか、野生だとかそんなものはそもそも関係ない。この場所に生きる奴らの命はみんな同じだ。ならば、勝つために戦って戦って納得いくまで戦い尽くせる奴が一番偉い。

俺は今、その輪の中に入った。入れた。

「は、ははは。はははっ。人間極限になると笑いたくなるのって、こういうことか」

キミヤの口の端からは実際に笑い声さえ漏れていた。犬達は想定していない人間の声の響きに、さらに半歩下がり、吠えたて始めた。

煩《うるさ》い。キミヤは自分に向けられた犬達の声に、率直にそう感じた。喉の奥から、怒りと共に低い声がせり上がる。唸り声にも似ていた。

「煩いよ。吠えてるだけかよ。吠えてるだけじゃなくて、さっさと来い！」

牽制するように、ぶんと音を立てて棒を振り回す。犬に道理があるのなら、道具を使うのは卑怯《ひきょう》とでも責められるだろうか。キミヤはそう思い、いや、卑怯じゃないと打ち消す。そもそも一対八なんだから、棒ぐらい使ったって反則じゃないだろう。どうせ手の震えは直らないのだし、正当なハンデだ。

「おらあっ！」

怒号と共に、もう一度棒を振る。犬達は吠えながら、攻撃が当たらない距離を保つ。吠えたてる犬達の口角が歪《ゆが》み、どの犬も奥の歯と歯茎までもがむき出しになる。唸り声が大きくなる。本気出してきたな、とキミヤは悟った。

人間に敵意を持つ犬複数に、棒一本で勝てるとはキミヤも思っていない。だが、少しはやりあうことが出来るだろう。ヤケクソでもいい。抵抗するという、それ自体が望みだ。ただ何もかも諦《あきら》めて無抵抗でやられることだけは、絶対に受け入れたくなかった。

群れの最後方で、ハスキー系のボス犬と白黒の犬二頭はキミヤを冷静に観察していた。

彼らは最初、熊たちに襲いかかった時にキミヤの姿を見ている。大きい方の人間が熊に襲われている間、全身の毛穴から恐怖だけを吹き出して無様に転がっていた小さい方の人間。その程度の認識だった。

熊に殺されずに逃げたようだが、群れにとってはただの邪魔者だ。見つけ次第、縄張りから追い立てるか、逃げないようなら仕留めて排除すべき存在と認識していた。それが今、火薬の臭いさえさせないまま、単独で群れと対峙《たいじ》している。

ただならぬ存在、と警戒を強めた。

仲間はキミヤに唸ったり吠えたりしながら隙を窺っている。その犬の間を縫って、白黒の犬と灰白色のハスキー系が歩みを進め、距離を詰めた。警戒の姿勢をとりながらも、無駄に吠えない。唸らない。ただ二頭とも、目はキミヤを睨んだままだ。

「お前らがボスだよな？」

返事はない。しかしその堂々とした振舞いは、彼らの中で最も偉いのだという雰囲気を感じさせる。子分たちが血気にはやって怪我をする前に、大将自らが出てきたということだろう。上等だ。木の棒を持った掌《てのひら》が汗でぬめる。手だけではなく、膝《ひざ》が小刻みに震え始めるのが分かる。それを拭い去るように、キミヤはボスを睨んで声を上げた。

「よし、来てみろ！」

中型で細身の白黒犬は鋭い目線と引き締まった体で、いかにも猟犬の鋭さを思わせた。しかしそれ以上に、キミヤはもう一頭のハスキー系の犬に凄味を感じた。

大型犬の堂々とした体軀《たいく》だけではない。白と灰色が混じり合った毛色は銀色のオオカミのようで、それが少し毛を逆立てているさまは、見ているだけで威圧感がある。その迫力とは裏腹に、焚火の光を反射する青い瞳《ひとみ》は奇妙に澄んでいた。

キミヤは唾《つば》を飲み込んだ。木の棒を構えて相手の出方を見る。白黒犬がいつでも飛びかかれるぞとばかりに上体を地面すれすれに低くする。ハスキー系の犬は少し毛を逆立てたまま、ゆっくりキミヤに近づいた。白黒が獲物を譲るように後ずさる。どうやらこのハスキー系の犬の方がボスのようだった。

ハスキーがさらに近づき、キミヤは息を呑《の》んだ。白黒犬や他の犬のようにあからさまな敵意を向けてはこないのに、唸り声さえ上げていないというのに、この目の威圧感はどうだろう。

じっと見つめられているだけで、捕食される、という可能性がじわじわと自分を侵食していく。猛《たけ》り狂っていたあの熊ともまた違う恐ろしさだった。呼吸が勝手に浅くなる。心の半分は怖くて堪《たま》らないのに、どこかで熊に食い殺されるのならこのきれいな犬に仕留められる方がましかもしれない、などと思う。

ボスがこちらの攻撃圏まで近づき、キミヤは棒を振りあげた。が、一瞬早く、両腕を上げた状態の足元まで瞬時に距離を詰められた。

何てダッシュだ、と思った時には、もうボスは両前足をキミヤの肩にかけ、その勢いのままキミヤを地面に押し倒した。大型犬の体重が加速をつけてぶつかってきたのだ。堪《こら》えられるはずがなかった。

「痛《い》ってえ！」

幸い下の地面は柔らかく、犬に対峙して自然と首を前に出していたため、頭が地面に激突することは避けられた。しかし痛めた左の肋骨が雷に打たれたように痛み、地面に転がったキミヤの動きは止まる。ボスはその隙を見逃さず、すかさずキミヤの喉笛に咬《か》みつきにかかった。

「う、うわっ！」

反射的にキミヤは棒を放し、大きく開かれたボスの口に自分の左拳《こぶし》を捻《ね》じ込んだ。ほとんど何も考えないまま、さらに手をボスの口の奥へと押し付けた。必死だった。ボスはその手から牙を外さず、そのまま強く咬みついて捻じり切らんとばかりに左右に振った。

「ぐ、あっ、痛《いて》えええええ！」

犬の形相は先ほど落ち着いてキミヤとの距離を詰めていた様子とは正反対で、鼻に皺《しわ》が寄り、目は殺気を帯びて見開かれている。手首の近くに四本の牙が刺さり、食いこんでいく感触がある。昨日、茶色の犬に咬まれた時とは比べものにならない。手首の関節からちぎり取られそうだった。

殺される。今度こそ殺される。キミヤは確信したが、だからといって体から力を抜いて、はいどうぞ、という訳にもいかない。

「痛いっつってんだよこの野郎！」

キミヤは腹の底から叫ぶと、犬に咬まれている拳を僅かに開いて〝それ〟を摑《つか》んだ。涎でぬめるボスの舌。拳に牙が食いこみながらも、それを放すまいと渾身《こんしん》の力で握り締めた。同時に、自分にのしかかる重い体を押しのけようと、空いている方の手を伸ばす。

咬まれている手から牙を引き剝《は》がそうとキミヤの右腕は犬の首に向かった。毛皮ごと首根っこを摑んで体を払いのけようと思ったその時、右手が何かに触れた。

長く豊かな白銀の毛の中に、何か硬いものの存在が感じられた。犬の首に巻かれている、紐《ひも》状のもの。無我夢中で、その紐を摑む。毛そのものに手をかけるよりも上手《うま》く力が伝わり、キミヤは咬まれた手から犬を引き剥がすことに成功した。

ギャウッ、という小さな悲鳴と共に、ボスの体が宙で固まる。その一瞬に、キミヤは犬と重心を入れ換えた。

「おらああっ！」

体を反転させ、全身で飛び込む勢いで、ボスの体を組み伏せた。躊躇はなかった。獣相手には獣の方法で。牙はないが、これがある。キミヤは渾身の力でボスの鼻先を拳で殴りつけた。

キャウン！　と甲高い声でボスは鳴いた。すぐに全身をよじってキミヤの下から逃れ、距離を取る。その尾は内側に巻かれ、地面にほぼ伏せる形で体勢を低くした。威嚇のためというよりは、怯えたようにキミヤには見えた。人間に拳を上げられることに対して、驚きがあったのかもしれない。

「びっくりしたか。暴力は犬や熊の専売特許じゃないんだよ」

キミヤは傍らに落ちていた棒を手に取った。びくり、とボスの体が震え、ウウウ、と唸り声が漏れる。ボスをかばうようにして、白黒がキミヤとボスの間に入る。それに同調して、他の六頭も距離を取りながら再び威嚇の姿勢をとった。

「これ、ない方がいいか」

キミヤは棒を地面に放った。地面を転がる動きに、犬達がウゥッと一斉に唸る。棒では懐に入られた時に動きがとれないし、鼻っ面を殴った際に思った以上の効果があった。

「棒よりこっちの方がお前たちには効くのかもな」

キミヤは右手の握り拳を左手でぽんぽんと叩いた。武器のない状態でひとつ、息を吐く。吐ききったら、また大きく吸う。やはり緊張して呼吸が浅くなっているのはいけない。深く息を吸うごとに、体の細胞がクリアになっていくところをイメージする。警戒した犬達が見つめるなか、深呼吸を三度繰り返した。

「さあて」

キミヤは両拳を握り込む。左の拳はさっきボスに咬まれ、血が数滴流れてはいたが、牙が皮膚に食いこんだだけのようだ。エンボス加工のように皮が凹《へこ》んで、却って血も出《で》辛《づら》くなっている。痛みはない。というより、興奮状態のためか認識しない。

「せめてぶん殴れるだけぶん殴ってやる」

暴力を振るうことに意味があるとしたら、それは生き死にが関わる時だ。もともとキミヤは人間にも動物に対しても無意味に傷つけたりする行為とは無縁だ。そんな嗜好《しこう》はまるでないし、関わり合いたくはない。父親が勧めていた格闘技や武道も避けて廻《まわ》っていたほどだ。父親に強く勧められなかったら、銃も持つことはなかったろう。

しかし今は違う。自分の命を狙うこの犬共と対等に戦う、或《ある》いは、同じレベルに在るためには、暴力はむしろ流儀だ。人間同士の武道の考え方は分からないが、この山のカルデラの中で、貫き通される道理はそれしかない。

キミヤは上体を屈《かが》めた。目は正面のボスを睨んだままだ。こちらの一挙手一投足を観察し、あちらも身を低くして次の展開に備えている。

犬同士の戦いなら、これからどうするものなのかな。キミヤはゆっくりとした動きを心掛けながら、ふとそう考えた。人間が武器もなしに、複数の犬にどう戦うのが正解なのか。どうすれば生き残る確率が高くなるのか。

そんなもの、全く分からなかった。

キミヤはただ、自分に出来ることだけをやろうと考えた。足を開き、利き足である右足を斜め前へ。左足を後ろにして、指で地面を掴むようにする。

「よーい」

脇を締め、軽く握った左腕を前に。右腕を後ろに。肘《ひじ》を後方に引っ張ることを心掛ける。

「どん！」

自分の声でスタートをかけ、慣れた動きで全身を前へと押し出す。確証などなかった。短距離用のスタートを練習したことはないので、長距離走のスタートの姿勢に過ぎない。でもそれは自分にとってもっとも馴染《なじ》んだ、もっとも自分を速く前へと押し出す動きだ。体重だって軽いからラグビーのタックルのようにいくわけではないが、犬と同じかそれに近い程度の体当たりにはなるだろう。

真っ直ぐ、キミヤはボスの白い体へとぶつかっていった。

キミヤの動きは予想外だったのか、ボスの動きは一瞬遅れた。横に逃げるか、逆に飛びかかるか。ボスはこの時、後者を選んだ。一拍遅れて、こちらに向かってくるキミヤに口を開けた頭から飛びかかる。

「おらああっ！」

しかし、助走が長い分、キミヤの勢いが勝った。向かってくる牙を腕で受けて、勢いを殺されないままで頭からボスを跳ね飛ばす。大きな体が勢いを失って逆方向へと飛んでいくところを、今度はさらに地面を蹴《け》って上へとのしかかった。

ギュエッ！　と、悲鳴のような声が上がる。地面に叩きつけられた衝撃と、キミヤの全身に潰《つぶ》された衝撃で、ボスから洩《も》れた苦しげな声だった。

キミヤの頭は真っ白になっていた。次の行動はどうする。このままさっきのように殴るか、首を絞めるのか、それとも。そういった選択肢が頭の中から消え、体が自然に望ましい答えを辿った。

「ああああっ！」

意識せずにキミヤは吠え、大きく開いた口をそのままに、ボスの首にかぶりついた。

ギャアアッ！　と、苦痛を訴える大きな声が頭上と、それから噛《か》みついた喉から直接聞こえてきた。ボスが全身をよじる。頭を激しく振る。口を開け閉めしてキミヤの頭に咬みつこうとする。それら全部を無視して、キミヤは噛む力を一層強くした。口の中に犬の体臭が広がる。歯に感じる皮が金属板のように固い。それでも、ギリギリと噛む音で頭の中が一杯で他の音が聞こえない程に歯に力を入れていると、下の前歯のあたりでブツリと糸が切れたような感触があった。

キャウン、キャウンキャウン！

ボスの声がそれまでと異なり、妙に甲高く稚《いとけな》いものへと変わる。同時に口の中に温かい血が広がってきて、そこでようやくキミヤは口を離した。

　立ち上がりつつ犬の毛と血を吐きだし、身構える。さて、次はどうしようか。何も考えていなかった。考えないままで、自分の体を十全に使い、戦おうとキミヤは思っていた。

　しかし、首を噛まれたボスは立ち上がってはこなかった。地面に横向きになった状態で動かない。

　見回すと、他の犬達ももう近づいてこない。姿勢を低くして襲う体勢を取っていても、目が合うと一歩下がる。

　怯えている？

　キミヤは試みに、手近なチワワに一歩近づく。チワワはウウウと弱く唸り、耳を寝かせて退く。

　横たわったボスに向かって、ゆっくり歩いてみる。脇にいた犬が横に退く。キミヤは腰を折って姿勢を低くすると、さらにボスに近づいた。あと二歩、あと一歩。手を伸ばせば届く場所まで近づいて、焚火の遠い灯りで僅かに照らされているボスの様子を観察する。

半開きになった口からは舌がだらりと飛び出て土に触れている。四つ足を地面に投げ出したまま、倒れていた。腹のあたりを見ると、雄犬に特有の包皮がない。雌犬だったのか、とようやく気づいた。その全身はまだぴくりとも動かない。

「お、おい？」

死んだのか。俺が殺したのか。キミヤは恐る恐る手を伸ばした。

「死んだのか？　おい」

指先が首のあたりに触れる。長く密生したその毛は案外柔らかかった。よく見ると腹が僅かに上下している。鼻先に手をやると、かすかに息があるのを感じた。

「まだ生きてるか」

よかった。キミヤはそう感じた自分をおかしく思う。

「おい。大丈夫なのか、おい」

キミヤはボスの体を揺らした。頭を撫で、首をさすり、軽く肩の辺りを叩く。詫《わ》びるように、犬の体を撫で続けた。他の犬達は距離を置き、そのままの姿勢でこちらを睨んでいる。気を失っているボスは柔らかく、温かで、撫でていると心が奇妙に安らいでくる。触れる手つきが段々と、まるで飼い犬に対するそれに似ていった。

キミヤが二分ほど犬を撫で続けていると、ボスの口から大きく息が吐かれ、目が開かれた。

ボスは横たわったままの姿勢で、暫《しばら》く視点が定まらないままだったが、足を少し伸ばすと急に立ち上がり、キミヤから離れた。立ったまま、ひたすら噛まれた傷の辺りを気にしている。その白く豊かな尻尾は身体の側に巻かれ、ウゥ、と小さな唸り声が漏れているが、目からは戦う気力が抜け落ちているようだった。

　ボスの傍らにキミヤはゆっくりと近づき、しゃがみこんだ。また咬まれるかな。まあいいや、俺も噛んだしまた噛み返して殴れれば殴り倒せばいい。そう思いながら、ゆっくりと右手を伸ばす。犬はその指先の臭いを少し嗅いだ。

「怪我、深いか？」

　首付近に指先が触れる。瞬間、ボスはびくりと身を震わせたが、それ以上は何もしてこなかった。耳は寝て、まだ警戒はしているようだが、唸り声は消えた。

　キミヤは犬の首元を探り、血がついている辺りを確認する。指先が傷に触れるとヴゥッと唸ったが、それ以上は何もしてこなかった。血の割に傷口は大きくも深くもない。致命傷ではないようだ。

　キミヤはどこかほっとしつつ、ボスの態度が変わった原因について考える。大怪我をさせた訳でもないのに大人しくなったのは、俺が首に噛みついて組み伏せ、勝ったからだろうか。犬の流儀で勝ちと認めて貰《もら》えたのだろうか。

「昔のヤンキーじゃないんだからさあ……」

　思わず力が抜けた。喧嘩《けんか》して、力を認められるだなんて思ってもみなかった。だが現に、ボスに勝った自分に対して、他の犬達は伏せてこちらを見るだけだ。一番遠い所に座っていた、キミヤの足を咬んだ茶色の犬など、警戒態勢を解いて自分の首を後ろ足でかいている。

「なんなんだ、一体……」

思わず触れているボスの首あたりを撫でると、指先に硬い感触があった。キミヤはそれで、最初にのしかかられて引き剝がした時に自分が摑んだものの正体を知った。長い毛に埋もれて外見からはよく分からなかったが、人間の用意したものであろう革の首輪が嵌《は》まっていた。

「お前も、人に飼われてたんだな」

口に出してようやく、キミヤは思い至る。戦うまではボスとして威厳があったものが、殴った後は怯《ひる》み、嚙みついて屈服させた後は怯えたようになってしまっている。かつて人間にひどい恐怖心を植え付けられたことがあって、それが蘇《よみがえ》っているのかも知れない。

身を固くしているボスの首をさすり、「ごめんな、引っ張って首絞めちまって」と謝った。

そして、首輪に触れた指先に、何かの引っ掛かりを感じる。見てみると、革の表面に何かがついている。少し変色した金属のプレートだ。そこに文字が刻み込まれている。

灯りの側に少し傾けても見えず、指先でプレートの凹凸を注意深く辿った。

“LAUDA”

「ラウダ？」

キミヤはその名を呼んだ。それはボスの個体名。かつて彼女を飼っていた人間がつけた名。その名が、暫くぶりに呼ばれた。

この時ラウダの怯えが消えたことにキミヤは気づかない。とうに失ったはずの個体名を、人間の声帯を通して呼ばれた。そのことが、彼女の古い記憶を呼び起こしていた。

かつて自分が人に愛されていたこと。かつて自分が人と共にあったこと。彼女の中で忘れ去られたはずの記憶が蘇る。

「ラウダ、か。何かそんなレーサーいたよな。昔のフェラーリに」

ワン。自分の名が再び発語されたことに反応し、ラウダは吠えた。

「お。何、返事した？」

ワン。もう一度吠える。もうラウダは従属の姿勢ではなかった。背筋を伸ばして新たな同胞の傍らに座り、まっすぐに応《こた》えている。

周囲の犬達はずっと一連の様子を見届けていた。自分達のボスが負けた。負けたが、殺されていない。そしてボスはこの人間を認めた。

犬達もまた、ほとんど警戒の姿勢を解いていた。一頭だけ、白黒犬が身を伏せてキミヤの方に唸っていたが、睨むのみでやがて静かになった。

「俺を殺すのは止めるのか？」

キミヤは周囲を見回し、犬達を眺めやった。襲いかかってきそうな個体がいないのを確認して、ひとつ頷《うなず》く。

「俺を認めてくれるのか？」

ラウダが応じたかのように、いきなり二本足で立ち上がった。

「うわっ！」

また襲われるのか。一瞬キミヤは身がまえたが、すでに犬が警戒態勢を解いていたのを思い出し、飛びついてきた腕と上体を受け止める。

「なんだよ、おい、いきなり。驚くだろ」

もともと大型犬であるラウダが後足だけで立つと、キミヤの顔あたりまで頭がくる。ラウダはそのまま、キミヤの髪や首元の匂いをクンクンと嗅いだ。キミヤは知らない。これは彼女が人間に飼われていた頃、どうしても抜けなかった癖だ。のしかかって嗅いで相手の体臭から感情や敵意を感じ取る。その習慣だった。

「気が済んだか」

かつての飼い主たちと違って拒まれず、ラウダは存分にキミヤの匂いを確認した。それから四本の足で地面に立つと、やおら口を開いて遠吠えを始めた。腹の底から、細く長く響くそれに、他の犬達も呼応して吠える。

おおん。うおおおお、おおん。

八頭分の遠吠えが夜空を裂いて、それはひとつの宣言だったのかもしれなかった。

再び周囲には静かな夜が訪れる。キミヤの目の前で、犬達は横になり始めた。

眠ったらその隙に、文字通りに寝首を掻《か》かれるのではないか、そんな思いが一瞬だけ浮かんだ。しかし疲れには勝てず、キミヤは犬達が各々横になる中で、同じように地面に寝転がった。

焚いた火はもうほとんど消えかけている。晩秋の夜だというのに、寒さは感じなかった。そういえば、とキミヤは思い返す。このカルデラの内部は地熱のため平地よりも暖かいのだったか。もとは飼い犬だった犬達がこうして自然の中で生き延びられたのも、そういった環境のためかもしれなかった。

身体の下に広がる乾いた落ち葉のその下で、小さな生き物が動いている気配を感じる。虫か、ミミズか。分からないままに、その足音は自分のもとから遠ざかっていく。自分の近くで身を丸めている犬達の小さな息づかい。

ラウダだけが地面に伏せて顎《あご》を地面につけながらも、耳を立てて周囲の音を拾っていた。彼女ならばあの熊が近づいて来てもいち早く知らせてくれるだろう。キミヤの中ではある種の信頼が生じていた。俺を助けるためではなく、自分の群れが生き抜くために、きっとこの犬は全力を尽くす。そして多分俺は、この犬とこの犬の群れの傍にいることを認めてもらえた。

上着を着込んだまま、靴も履いたままで、キミヤは良い眠りが訪れそうな予感を受け入れた。本来安眠できるような状況ではない。先程まで自分を襲っていた犬に囲まれて、眠りやすい場所でも格好でもないというのに、頭の芯《しん》が気持ちよく蕩《とろ》けていた。そのまま言葉も溶けていく。

人間らしい思考と疲れが半々ぐらいで混ざって、体の底に沈殿していく。やがて地面と接した背中や尻から、するすると土へと潜って消えていく。ひと呼吸ごとに、自分の体が地面に根を張っていくような感覚があった。

地面と同化するような感覚の中で、ふと手を伸ばして掌が地面に触れた。さらに地面をはわせると、その指先は少し硬い毛に触れた。犬だ。ラウダだった。ラウダが自分の傍らで眠っている。

ラウダはちらりとこちらを見ただけで、また目を伏せる。キミヤはそのまま犬の腹まで手を伸ばした。犬の、人間よりも高い体温がキミヤの掌を包む。

「あったかいな、お前」

キミヤの小さな声を警戒することもなく、犬達は眠る。そしてキミヤも同じ夜を共有する。数頭の犬とそこに紛れ込んだ人間。遠くから、本来この時期には鳴かないはずの虫の声が聞こえる。彼らの眠る場所は一時、母親の子宮のように温かだった。

# 悪神嗤う

昏《くら》い森の最奥で、湿った肉が裂かれる音が響く。

爪で牙《きば》で裂いて、貪《むさぼ》って、骨ごと咀嚼《そしゃく》する食事の音。熊が獲物を食らっているのだった。食われているのは先ほど遭遇した二人連れの人間のうち大きい方。彼らはあの、熊にとっては不快な煙の臭いを纏《まと》った鉄の筒を持っていたが、幸いにも出合い頭に仕留めることができた。

彼は両方を捕えようとしていたが、途中でワンワンと喚《わめ》くあの煩《うるさ》い四足どもに邪魔され、小さい方には逃げられてしまった。さらに不快なことに、食事の邪魔をしたうえに咬《か》みつきさえしてきたあげく四足どもは素早く逃げ回り、一頭も仕留めることはできなかった。

もともと熊は、腹を満たすためならば片方の人間しか襲う必要はない。しかしこの山に君臨する最大の雄熊は違った。動く生き物は全て殺す。食える食えない食いたいに拘《かかわ》らず、自分以外の生き物は基本的に敵だった。

そもそもこの山には他の多くの森と同じに、生き物共の織りなす適度な喧騒《けんそう》と平穏とがあった。

しかし一本の道路がそれを変えた。山の奥にある美しい湖。もともとは山の獣しか訪れることのなかったその湖は、どうやら世界有数の透明度を誇るらしいと人間達は気づいた。山の中に、一粒の宝石のように静かに水を湛《たた》える『とても貴重な』湖。その事実が知れ渡ると同時に、人々はそこを訪れてみたいと希求する。

こうして、最初は車一台通るのがやっとの砂利道が森を貫いて用意された。この時はまだいい。夏のごく限られた期間のみ人間達はこの道路を利用した、それだけならまだいい。

やがて湖を見たいという人間が増えるにつれ、道路は広いものにされた。より便利になるよう、車二台が楽にすれ違える幅を。砂利ではなく舗装を。この頃から自家用車だけではなく人間を満載したバスが往来するようになる。

さらに便利にと、人間達は冬の間もまめに除雪し、観光客がいつでも神秘の湖を望めるようにした。

除雪。それでも路面は滑る。往来する車の運転手がいかに力量があろうが、木の影に囲まれた山道は必ず滑る。事故を起こす可能性が高くなる。

だから、人間達は融雪剤を撒《ま》いた。秘境を訪れ、金を落としてくれる者達に快適な旅を約束できるよう、路面の氷雪を溶かす物質を撒いた。塩分。さらに言えば塩化カルシウム。融雪剤として一般的で、入手しやすく、かつ手軽なそれを撒き散らし、路面の改善をはかった。

効果は高かった。こまめな除雪と融雪剤散布のお蔭《かげ》で、それまでオフシーズンとされた冬季の観光客数の落ち込みを防ぎ、むしろ不凍湖と雪景色という組み合わせは口コミでさらに客を呼び、地元経済は大いに恩恵を得た。

めでたしめでたし。一面から見れば大変に喜ばしい。

しかしその背後で変わりゆく者達があった。地面に散布され、効率的に雪を溶かす塩化カルシウムに呼び寄せられる動物。特に、この地域で代表的な、野生の草食動物である鹿たちだった。

もともとこの地域は貴重な自然が評価されて自然保護区に指定されていた。自然を保護する。動物を保護する。つまり禁猟区。近隣の畑を食欲のままに荒らして回る鹿たちには、猟期には保護区へと籠《こ》もる習慣が形成されていた。

そこに加えて、大量の塩化カルシウム。草食動物には欠かせないミネラルを豊富に含むサプリメントが、ご丁寧にも大量に地面に撒かれているのだ。まさに彼らにとっては天恵。雪上に落ちている雪とは違うその粒を、あるいは溶け去って地表へと染みこんだそれを、彼らはこぞって舐《な》めた。雄は群れを率いて、母は子を引き連れて舐めに訪れた。そうして禁猟区の恵みは彼らの生存サイクルに欠かせないものとして組み込まれていく。

雪を溶かすために撒いた薬剤が、鹿どもを養っている。人間達は遅れてこの事実に気づいた。そもそも禁猟区でぬくぬくと増え続けては第一次産業に多大な損害を引き起こす鹿対策に頭を抱えていたところに、この誤算と不始末。憎しみにも近い怒りを人間側は抱いた。

人間が手をこまねいている一方、鹿たちが密度を増した山では変化が起きていた。

まず、彼らの個体数が増えすぎた。オオカミが消え、さらに人間も手を出せない。塩の恩恵に加え、天敵の脅威が少なくなったことにより、本来は弱い個体から死んで食物連鎖の糧となるはずが、育ち、性成熟を迎え、繁殖してしまう。そしてその子らもまた、元気に育ってしまう。

だがいくら生存に恵まれた環境とはいっても、山の面積が広がってくれるわけではない。餌となる草が倍の速度で育ってくれるわけではない。結果、数が増えすぎた鹿たちは徐々にその糧を奪い合うようにして失っていく。

そしてもうひとつ、変化があった。天から落ちてくる水の恵み、雨の雫の組成がごく僅《わず》かに変わったのだ。鹿たちの体が直接蝕まれるようなことはない。その身に等しく降り落ちてくる雨の味に彼らは気づかないままだ。しかし、餌となる植物は雨の微かな変化に影響を受ける。見た目も味もほとんど変わらないままに、密かにpHが変化している。大気の組成の変化が雲へ、雨へと変化を強いて、普通の雨は酸性雨というものになっている。

　高地であるその山は酸性雨の影響を確実に受けた。特に、木々が。ほとんど一年草である草に比べ、そこで根を張り生き続けなければならない木は、年ごとに影響を蓄積していった。

　その結果、弱る。追い打ちをかけたのが、飢えた鹿たちだ。餌に窮した結果、木の皮を食べざるを得なくなった鹿たちによって、一気に木は枯らされていった。

　鹿たちは急激に飢えた。弱い者が淘汰され、子は孕めず、群れは密度を減らした。まだ動ける者たちは餌を求めて山稜《さんりょう》を越えていった。因果関係が分からぬまま、ひと群れ、またひと群れと、塩への愛着を断ち切って自然保護区に背を向け始めた。保護区の外側は鉄砲や罠《わな》に満ちている。それでも飢えよりはましだ、と言わんばかりに鹿は逃げた。

　かくしてカルデラ内の鹿は激減した。食《は》まれていた下草や鹿の体高に沿った木の若葉は再び勢いを多少取り戻し、森は力を増していく、その筈だった。

　実際は、歪《ゆが》みは更なる歪みを生んだ。

　それまで、自然保護区指定と塩化カルシウムによる鹿の増加によってもっとも恩恵を受けたのは、熊たちだった。鹿を直接攻撃して食べる獣。つまり鹿の肉体が産する栄養を最大限利用できる動物。それが、森の食物連鎖で絶対的な頂点にいた熊だ。他地域よりも鹿の密度が高い環境により、本来雑食である筈の熊どもはよりエネルギー効率の良い肉食を選んでいた。

　しかし唐突な鹿の減少は当然、彼らの食習慣を一変させる。折しも、鹿が明らかな減少を見せたのは夏の盛り。熊にとってはもっとも餌を得《え》辛《づら》い時期だ。

　慣れぬ植物性の餌探しが始まる。よりにもよって、摂食しやすい植物は多くがすでに鹿どもに食われてしまっていた。それでも、これまで群れを襲えば子鹿や年寄り鹿の一頭も容易《たやす》く捕えられていたものが、群れごとほぼ失踪《しっそう》してしまったのだ。新たに食うべきものを探さねばならない。

　熊は皆、痩《や》せ細った。秋に蓄えた筈の脂肪は冬眠と覚醒《かくせい》後の餌不足ですっかり衰えた。豊かな被毛のお蔭で外見からは分かり辛いが、皆ぱんぱんに張っていた筋肉を失い、雄も雌も子どもも、一様に目をぎらぎらさせながら食物を求めて彷徨《さまよ》った。


　その熊も、かつてはただの痩せ果てた子熊だった。

　彼は弟と共に母熊のもとにいた。幾度も出産・育児経験のある堂々とした雌熊だ。彼女はその年も洞穴の中で出産した後、春先に穴を出て食いものを探した。冬眠中の極端な絶食から解き放たれるため、まずは雪を割って生えるフキノトウやらを貪って硬くなった糞《ふん》をひり出す。ここからが彼女にとって本当の食事だ。

　森の中で、子鹿を引き連れた、往々にして動きの鈍い母鹿を襲おうとする。冬の眠りで休んでいた臓腑《ぞうふ》が鹿の温かい血肉によって活力を取り戻す瞬間を待ちわびて、鹿を探す。しかし、なかなか鹿の、期待したご馳走《ちそう》の姿は見当たらない。

鹿が極端に減少した理由を彼女は知らない。人間の融雪剤と酸性雨がもたらした因果を理解できるはずもない。ただただ求めた餌が見つからない、その事実だけを突き付けられる。

期待した肉が得られないまま、それでもねぐらで二頭の赤ん坊が帰りを待ちわびている。仕方なく、肉よりも後回しにしていた植物性の餌をありったけ腹に詰め込んで、子のもとへと帰る。ねぐらでは子熊二頭が彼女の乳首に群がる。泌乳は相応に確保され、潤沢でないまでも幼い二頭は食事にありつく。しかし母は以前の子育てのようにいかないことに気づいている。前の出産も、前の前の出産も、肉を食らってもっともっと乳を呑《の》ませることができたのに。異変を感じ取りながら、彼女のその年の子育ては進んでいく。

春は深まり、緑は増え、母と子ども達の三頭は森を彷徨い歩く。母は子に熊としての所作、本能との付き合い方、食物の入手方法を教える。

例年とは違う環境に置かれながら、それでも子熊たちは生きる。本能に従い、貪欲《どんよく》に学び、食べ、日々その体を大きくしていく。母熊はこれまでにない苦労をしながらも、彼らを育てていく。

子熊の争いは、最初は単なる戯れだった。同じ腹から、同じ時期に生まれた兄弟が誰に教えられるでもなく互いに食い付き、組み合い、戦いの真似事をする。それは確かに大人になるための過程で、このとき感じる闘争心、悔しさ、または力が強すぎた際の反省などは、彼らが成長した後に生存しやすさを保障してくれるものだった。そのはずだった。

事故が発生したのは偶然だった。二頭の子熊のうち兄に当たる一頭が、少しばかり強い力で弟を殴りつけた。

指の先で、ぶちっという奇妙な感触がした。小さな誤算で、その爪は弟の眼球を直撃していた。

思わぬ痛みと、視界が片方塞《ふさ》がれた混乱とで、弟熊は激昂《げきこう》した。悪いことに力が強くなっていた彼らが本気になればかなりの戦闘力となる。むき出しの攻撃を受けた兄熊は、またこちらも本気になる。

勝敗は早くに決する。同じ生まれで同じ体格、力も互角、そして視界にハンデがあれば、兄熊が勝つのは道理だった。この時期、この体格を具《そな》えた熊同士の戦いで勝つということ。それは、相手の息の根が止まることを意味していた。こうして彼はあっさり弟を殺した。

偶然にも母熊は近くにいなかった。食料を探しに離れていた母熊は、ほどなくしてねぐらに戻る。完全に帰りつく前に異変には気づいている。まだ巣が見えないうちに木の間から漂ってくるのは子の亡骸《なきがら》の臭い。そして怒り狂った熊の体臭。母熊の本能に警鐘を鳴らすにはそれで十分だった。

　そもそも熊は終生つがいを作ることをしない。交尾をして妊娠した雌熊は独力で子を育て上げる。その間、子の父親とは違う雄が交配を迫り、すでに生まれている子熊を殺すことがある。母熊は巣に満ちる臭いから、過去に経験したその惨事を嗅《か》ぎ取った。そして自分の子を殺した雄熊から母熊は遁走《とんそう》した。子の殺害者もまた自分の子であったことは、結局知らないままだった。

　こうして弟殺しの兄熊は独りになった。もう彼を兄や息子として認識する者はいない。本来よりも早い、強制的な離乳は彼を飢えさせたが、まずは手元に弟〝だった〟生き物の肉が潤沢にあった。それを皮切りに、彼は独り生きることを開始する。

　体が成長してからは、食物に困ることはなくなった。恵まれたその力をもとに、少なくなったとはいえ鹿を追って殺し、貪り食う。さらには一度、人間を食らったこともあった。山の中に紛れ込んだ、小さいが鈍重で狩りやすい生き物。余計な〝皮〟を剝《は》ぐのに時間がかかるが、彼にとってはなかなか悪くない獲物だ。

　多少彼を煩わせたのは、犬達だった。彼の母親の代にはそもそもカルデラ内に生息していなかった、故に対処の方法を教えられなかった肉食獣の群れだ。彼らはとにかく熊を敵視していた。それが犬達の本能であることなど熊には関係がない。ひたすら熊を囲んでワンワンと吠《ほ》え猛《たけ》り、小さいが鋭い牙で無謀に攻撃を試みてくる。邪魔だった。

　熊は勢いのままに犬達を殺した。死んだ犬の肉は当然食べた。しかし、犬達を全滅させることはできなかった。一頭二頭を殺しても、すぐに他の奴らは逃げ去ってしまう。

おまけに少し間を置いてまた群れに遭遇すると、減ったはずの数がもとに戻っている。もしくは数が増えている。増えた分はまったく新しい臭いと性質を持った個体だったりもするが、奴らの子ども達も多かった。

　熊は犬達をなかなか殲滅《せんめつ》できない。ワンワン煩い獣どもは大小にかかわらず自分を敵だと認識する。心底邪魔だ。こうして他の生物への怒りというものを熊は学ぶ。怒りながら、やはり力任せに生きていく。

　そうして雄熊は怒りを暴走させながら生きる。ただ自分の体に見合っただけの食物を求め、自分を傷つける可能性のある生き物を狩り、生殖行為の邪魔になるものを排しながら、ただ生きる。

　完全に独りだった。精確には、概《おおむ》ねの時間、独りだった。普段は単独で行動し、発情を伴うと雌を探す。野の草に、林の木に残された体毛や排泄物《はいせつぶつ》などから雌の姿を求め続けた。

　雌は単独で行動している若い個体もいるにはいたが、数としては経産した者の方が多かった。それは母親として産み落とした子熊と共に行動していることを意味する。

　彼が興味を持つのは雌だけだ。子熊はどうでもいい。いや、むしろ邪魔だ。誰かから教えられた訳でもないが、目当ての雌に付き従う〝ちいさな奴ら〟は殺すべきだと彼は判断していた。

　限られた行動範囲では、交配可能な雌の数は決まっている。彼は己の血族を殖やし、なお且つ、それを狩るようになった。

彼にとって、自分の子らを殺すことは無意識の行動だった。森で母親について歩く子熊が自分の胤《たね》だと分かるはずはない。ただ、自分の子を残すために子熊は邪魔だ。排除するために動いた結果、自分の子を、それと知らず簡単に亡骸にしていった。その血の赤さに興奮し、雌を犯した。行為の後、雌熊がその場を離れると、高揚と空腹からそこに転がっていた子熊を貪り食った。

一度、彼は嗅いだことのある臭いを纏った雌に出合う。その雌はやはり子熊を二頭連れていたが、やはり彼はその子らを殺し、年のいった雌を犯した。彼は、死んだ子熊が自分の弟妹であり、交配し子を孕《はら》ませようとしている雌熊が自分の母であることを知らない。一連の暴力の後、やはり彼は一頭きりだった。

疑問はない。そもそも彼は考えない。ただただ本能と怒りが全ての行動を決定し、彼はその命令に従うだけだ。美しくなくても生きる。生命の自律が彼を動かす。

他の同種たちよりも多くの生き物を屠《ほふ》りながら。熊という本来の軸が傾き、傾いた軸は回転を増すごとに逸脱を始める。正しくはない。しかし他の道を選ぶことはない。ただ生きるだけ。そうして生きれば生きるほどに、彼は熊であって熊であらざる者へと変《へん》貌《ぼう》していった。もはや彼は熊の毛皮を纏い、熊の声を発しながら、違う種類のけだものと化している。

熊はこの日も暴力によって手に入れた獲物を貪る。人間を食べるのは二度目だった。一度目は、山に入るにも不適当な格好をした男。布の袋に大量の紙を入れて、その紙を地面に埋めようとしているところを襲い、食った。肥《ふと》った雌鹿に比べて美味《うま》い訳ではなかったが、別段抵抗されることもなく容易に捕食できた。

今回の人間は殺そうとした時に多少暴れたが、熊には傷がつかないまま絶命させた。肉を覆う邪魔な服を何枚も剥ぎ、柔らかくて滋養のある腹を中心に貪る。前回のものよりも脂肪が多めだった。内臓をあらかた食い尽くし、満たされた熊は地面を掘って残りの肉を埋めた。

まだ肉はあるし、腹は満ちているが、この肉と一緒にいたもうひとつの個体も惜しい。あれをまた、狩ろう。あれと、あの煩い四足どもも、狩って、食おう。肉を少しでも多く得ようという欲が湧いている。

熊は高揚していた。この山には、まだ殺されるべき生命がある。食われるべき肉がある。稀《まれ》には犯されるべき雌も。この足で踏みつける命も大地も何もかも、自分の為だけに存在している。

それらすべてを蹂躙《じゅうりん》するまで、熊は終わらない。終われない。

熊は空へ向かって吠える。肉体が全細胞の存在を主張して、風のように吠えながら、己の存在を寿《ことほ》いだ。そうして熊はまだここで君臨を続ける。彼の並々ならぬ血と暴力という輪は閉じない。ただひたすら、より多い肉をと膨張を続ける。

# フラット

朝が来る。四方のぐるりを壁に囲まれたようなこのカルデラの底に、平地より遅い朝が来る。南寄りの東の山から太陽は少しずつ姿を現し、山の影から離れる前に犬達は吠《ほ》え始めた。

まずはサブリーダーらしき白黒犬が一声、空を仰ぎながら長く声をたなびかせる。その声を追うように群れの犬達は皆次々に吠え声を重ねていった。高い声、低い声、それぞれが自分の所在を強烈に主張して、歌は重みを増していく。

白黒の声が途切れた頃、それまで皆の方向を見守っていたラウダがゆっくりと鼻先を天へと向ける。そして、吠える。身体に相応《ふさわ》しい、太く大きな声だった。キミヤは自分の耳毛がびりびりと震えたようにさえ感じた。彼女の遠吠えは一際大きく空気を切り裂き、やがて周囲の木々に反響し消えていった。

何の前触れもなく、突然、白黒犬が群れの後方へと走り始めた。事前に警戒のそぶりを見せるでもなし、吠えるでもなしに、平静の状態から瞬時に全身をバネのように動かし、大きなストライドでトップスピードに乗る。無駄な上下動のない重心の低い走り方は、キミヤの目にも猟犬らしい疾走に映った。一拍遅れて他の犬達も追随する。

「あ、おい。待てよお前ら」

キミヤもついて行こうとした。しかし、傍らにいるラウダは伏せたままでその場から離れない。耳を犬達が消えた方向に向けて、注意深く動向を把握しているようだった。

「……あいつら出張？　お前、待ってんの？」

ラウダは伏せたままで、ちらりと上目遣いでキミヤを見た。違うか。こいつ、俺のことを見張っているのか。

「じゃあ、ここにいるか」

犬に立ち向かい戦った時以来、キミヤはなるべく犬に話しかけるようにしていた。飼われていた犬が多いなら、かつて人間の命令を聞いていただろうし、意味が分からないまでも声を聞かせ続けていた方が良いだろうという推測からだ。実際、こうして自分の声を聞かせていると、ボスらしきラウダはそれに準じている雰囲気がある。

「ラウダ」

呼びかけに応《こた》え、ラウダの尻尾《しっぽ》が僅《わず》かに持ちあがる。特に名を呼ばれた時は反応が大きいようだ。

「首輪、それ苦しくないか？　外してやろうか」

　その名を刻んである首輪は、ラウダの首周りを多少圧迫しているようだった。真剣に呼吸が苦しくなっている様子はない。子犬の頃から同じものをしていた訳ではないようだが、首輪をしたままで幾度か換毛を繰り返したせいか、抜けた毛が内側に詰まっている。

　キミヤは怒らせないようにゆっくりと、ラウダの頭に右手を伸ばした。頭の後ろ側に触れるが、唸《うな》る様子はない。そのまま、頭を撫《な》でてみた。

「怒るなよ。怒んな」

　ゆっくりと頭を撫でられて、ラウダの目が伏せられる。尻尾が少しだけ、ぱたぱたと地面を打った。

「なんだ、撫でられるの好きかお前」

　キミヤはゆっくりと頭を撫で続ける。粗い毛と細かい毛が密集していた。飼い犬と違って風呂《ふろ》で洗われることなどないのだろうが、毛並みは美しく手触りも良かった。しばらく頭を撫で、次に首へと手を回す。ラウダが抵抗しないのを確認しながら、首輪の合わせ目を探った。

「ちょい待てよ。古くなってんな、この革。ええと、ここが……」

　革の接続部分の金具を外した。首輪が外れて下に落ち、驚いたラウダが立ち上がる。

「悪い、驚かせた。でも、軽くなったろ？」

キミヤは首輪が今まで押さえつけていた首のあたりを掻《か》いてやった。押し付けられていた毛がみっしりと詰まっており、そこだけ脂で汚れている手触りがする。指でほぐすようにして皮膚の部分を掻いてやると、ラウダは座った状態で尻尾を振った。ウゥ、と怒りとは違った声が喉《のど》から洩《も》れている。

「そうか。気持ちいいか。なんでお前ここにいるのか知らないけどさ、こんな首輪ずっと嵌《は》めてたら苦しいだろ」

片手で首を揉《も》み解《ほぐ》してやりながら、キミヤは落ちた首輪を手にした。革の端が擦り切れ、もとは赤色だったであろう表面も退色している。

「それに、多分お前はもうこれ必要としていないんだろうしな。お前今、誰かに飼われてる身分なんかよりよっぽど立派だろ。女ボスなんだし」

ラウダはじっとキミヤを見つめながら、その言葉を聞いている。本当はこいつ、人の言葉分かってたりして、などと考えてみるが、もちろんそんなことはあるまい。ただ、この犬は人間と接することや人間の声を聞くこと自体に、ある意味飢えていたのかもしれないな、とキミヤは想像を巡らせる。

午前の光は降りしきり、キミヤはラウダの体を撫で続ける。嘘のように穏やかな時間が過ぎ、ふと、ラウダが遠方を眺めるように首を伸ばした。そのまま、立ち上がって歩き始める。藪《やぶ》の中に入る前に一度振り返り、キミヤを見た。

「仲間のとこ行くのか。俺について来いって言うのか？」

キミヤが後を追おうと立ち上がった。ふと思いついて、外したラウダの首輪を手に持った。ラウダは藪に入り獣道を歩き続ける。

途中の少し斜面のある藪で、ラウダは身を屈《かが》めた。犬の動きを見て初めて、キミヤはそこに小さな水の流れがあることを知った。湿った草の間から、か細く湧き出て小さな流れを作っている。ラウダはその水を舌を伸ばしてぴちゃぴちゃと飲んでいた。

「湧き水、なのか？」

ラウダが水を飲む様子を見ていたキミヤも喉の渇きを感じ、湧き水を飲もうと身を屈めた。

一瞬、煮沸消毒もしていないとか、山に入った時に父親が注意していた寄生虫の卵とか、ありきたりの懸念が頭をよぎったが、未来の腹の不調より目の前の喉の渇きに対処するのが先だ。死ぬかもしれない身からすれば、もう大したこととは思えなかった。

流れの方に身を屈めると、上半身が藪をがさりと揺らした。その拍子に、草木の間から無数の白い虫が飛び立っていく。小さな羽を具《そな》えた蛾だった。夜に鳴いていた虫と同じく、この時期にはもう姿を見せないはずの虫がまだ元気に飛んでいる。やはり、このカルデラ内は地熱のせいか平地とは環境条件が違うようだった。

「まあ、いいか」

飼われていた犬が群れになって人や熊を襲ったり、その犬が俺みたいな引きこもりを仲間と認識するぐらいだ。その奇抜さと比べたら、蛾が晩秋でも生きてることぐらい大したことじゃない。キミヤは顔についた蛾を払って、流れる水をすくって飲んだ。おかしな味はしない。ひどく冷たく、喉をするりと通って渇きをじわりと癒《いや》していった。

「うん、うまい」

しばらくそうして水を飲んでいると、先に飲み終えたラウダが座ってこちらを見ていた。キミヤが飲み終えると、立ち上がって先を歩く。完全に、キミヤを同行者として認めているようだった。

またラウダについて少し歩くと、ふいにクォンと鼻を鳴らした。そこからガサガサと笹藪に分け入ると、木の間に少し広めの空間があり、そこに他の犬達は集っていた。その中央には、子鹿の死体があった。首のあたりを咬《か》み裂かれ、鮮血がまだ地面に滴っている。その傍らには白黒犬がどこか誇らしげに座っていた。

「これ獲《と》ってきたのか。すごいな」

キミヤの感心をよそに、ラウダは近づいて子鹿に咬みついた。腹部の皮を裂き、その中身を貪《むさぼ》り始める。一方で白黒が傷のついた首から食べ始めた。それから一頭、また一頭と増え始め、大きい犬も小さい犬も、みな共に一頭の鹿を貪り食っていた。周囲に血の臭いが広がり、臓腑《ぞうふ》を貪る犬達のガフガフという荒い呼吸が絶え間なく聞こえるが、凄惨《せいさん》な感じはなかった。

「朝飯か」

キミヤは自分も空腹を感じ、ウエストポーチに入っていたチョコレートとカロリーメイトのうち、カロリーメイトの方を食べた。考えてみると、食事をしたのは父親と食べた菓子パンが最後だった。あれが親父と食べる最後の食事とはな、とキミヤは自嘲《じちょう》した。もっとも、あの凶暴な熊がこれから出てきたら、今食っているこれが人生最後の食事になるのかもしれない。そう思うと、決して量が多いわけでもないカロリーメイトがいやに喉に詰まった。

犬達はゴフゴフと息を荒げ、なおも鹿に食い付いている。小さなチワワだけが口の周りを血で真っ赤に染めたまま、犬の塊から離れて座っていた。

「腹いっぱいか。そりゃ小型犬なら胃も小さいよな」

キミヤが思わず呟《つぶや》くと、その声が聞こえたのか、チワワはキャンキャン吠えながら近づいてきた。ただし耳をぴんと立て、尻尾を振って、昨夜のような威嚇の意味ではなさそうだ。

よく見ると、チワワの首には紐《ひも》のように細った古い首輪が嵌められている。汚れてもとの色は分からない。こっちも元ペットなのか、と思いキミヤは手を伸ばして首輪を取ってやろうとしたが、チワワは飛びのいてどうしても触らせようとはしなかった。

「そうか。ごめん。それはお前にとって大事なものか。お詫《わ》びに食うか？　満腹だといらないか？」

キミヤは手にしていたカロリーメイトの最後の一口を、傍に投げてやった。思わぬものを投げつけられ、しかも匂いからそれが食べ物だと分かると、チワワはすぐに貪り食った。その率直な様子を見て、キミヤは笑った。まったくペットのチワワと同じだ。こんなに普通に笑ったのは久々だな、と思った。

太陽が高い。食事を終えた犬達は何をするでもなく、日光を浴びながら思い思いに寝転んでいた。夜の行動に備えているのだろうか、とキミヤは感じた。よく見てみると、キミヤを中心にして輪になるように寝そべっている。監視か、それとも守ってくれているのかは分からない。輪の一番外側にいる白黒犬が時折、折れた耳を持ちあげて周囲を警戒していた。

犬達を観察していると、この白黒犬はけっしてキミヤと距離を縮めてこない。警戒を解かない犬が一頭ぐらいいるのも無理はない。他の犬達と意見の異なる個体がいた方が、群れとしては有利なのかもしれない。そんなことをつらつら考えた。

背を預けるものが欲しくて、キミヤはそこに生えている木のうち、もっとも太いナラの根元に座りこんだ。二、三本が寄り集まって一本の太い木を形成しているようで、地面に近いところに小さな洞《うろ》がある。

その中に何か白っぽいものが見えた気がして、キミヤは洞を覗《のぞ》き込んだ。キノコか何かだろうか、そう思って手を入れ探ってみる。

「……骨？」

それは、太い一本の骨だった。大分時間が経っているのか、表面は茶色く風化し始めている。こいつらが狩った鹿の骨か、それとも熊のだろうか。そう思いながら、キミヤは骨を手にした。軽い。そして、ふと気づいて自分の太腿《ふともも》に沿わせてみると、長さは大体同じぐらいだった。

「人間の骨だったりしてな」

そういえば、とキミヤは思い返す。宿のオーナーが、昔はこの辺りの集落は貧しくて姥《うば》捨て山みたいなことがあったって言ってたっけ。もしかしたら、これはその時のオーナーの曾祖父《そうそふ》の骨だったりするのかもしれない。

少し離れた所で眠っていたラウダが、こちらの動きに気づいたのか頭を上げた。キミヤが骨を手にしているのを見ると、ウウッと軽く唸ってこちらに近づいてくる。

「いや、ごめん。お前らの宝物なんだろ、ごめんってば。ほら、返しとくから」

慌てて骨をもとの洞に戻すと、ラウダは唸るのを止めてそのままキミヤの足元で横になった。

「あ、そうだ」

キミヤは思いつきで持って来たラウダの首輪を同じ洞に収めた。これがラウダにとってどういうものなのかは分からないが、長くこの犬と一緒にあったものなら、ここに置いていってやるのも良いだろう。そう思った。

寝そべる犬達の中で、キミヤは木の棒を持ち、その硬さを確認した。さっきラウダと歩いている時にたまたま見つけた、自分の身長と同じぐらいの長さをしたナラの枝。犬達と戦った時に持ったものよりもしっかりしている。中が腐っていないことを確認して、武器や山歩きの際の杖《つえ》となるよう手元においた。犬達はもうキミヤが棒を持っていても警戒することはなかった。

　キミヤはそのままの状態で使うつもりでいたが、ふと思いつき、手持ちのナイフで枝を削り始めた。ラウダと格闘したときに咬まれた左の拳《こぶし》が少し痛んだが、勢いよく口内に突っ込んだのが幸いしてか、動かせないほど深手を負っているわけでもない。杭《くい》の形になるように、先を中心に尖《とが》らせていった。

　枝を削り始めた最初は上手《うま》くいかなかった。ゴテゴテと機能が多いばかりで決して刃物として特化されていないナイフを自分の思う通りに動かせるようになるまで一時間。固い生木から一定のリズムで削り屑《くず》を出せるようになるまで、さらにもう一時間。キミヤはゆっくりと、しかし着実にナラの枝に細工を施していた。体が慣れていく。熟練していく。それが純粋に喜ばしかった。

　木を尖らせながら、キミヤの心は徐々に静まっていた。そしておぼろげに考える。このカルデラにいる犬達は、何らかの形で人間の影響を受けている。捨てられた者、人間のところから逃げだした者、かつて心身の疵《きず》を受けた者、そしてその二世三世。ある意味で皆、純粋な野犬ではない。

そしてキミヤは推測する。たぶん、あの大熊もただものではない。自分はそれまで生きた熊に対峙《たいじ》したことなどなかったが、父親や先輩ハンター、そして地元の人間から話を聞く限り、熊というのはもう少し慎重な生き物ではなかったのか？　銃を持った人間複数に対して猛然と襲いかかり、しかも犬達の参戦というイレギュラーな事態に対して逃げずに怒り狂うような生き物だったろうか？

　確証はない。あくまで推測だ。だが確かに、キミヤはあの熊のことを『普通ではない』と感じていた。

「上等だ」

　ぽつりと呟いた言葉に、寝ている犬の何頭かが僅かに耳を動かした。

　この山で過ごすことになってから、独り言が増えたとキミヤは思った。語るべき人間はいない。聞く者は今や犬達しかいない。犬達に人間の声を聞かせるという目的らしきものはあるが、理解してもらえるはずもないのにぶつぶつと呟いている自分ははたから見れば滑稽《こっけい》だろう。だが、それを自覚してもやめられない。

　自分に言葉を喋《しゃべ》る口があること。自分がまだ言葉を喋れること。それを、確かめなぞり続けなければ、何かが崩れてしまいそうだった。

「あいつが何だろうが、俺を殺そうが、ただじゃ終わらせない」

　せめて傷のひとつでも。血の一滴であっても。俺の手で一矢報いてやらなきゃいけない。

このまま尻尾を巻いてなんとかこの山から逃げだして、父親が死んだ後の会社を人に頼むなりして、ひとり生きていくことはもしかしたら可能なのかもしれない。生き抜くということだけを第一に考えるなら、多分そうすべきだ。そうすれば痛くない。逃げおおせるのが難しいなら、いっそナイフを自分の首に当てたあの時のように、自分で自分の命を諦《あきら》めてしまった方が余程楽なのかもしれない。

キミヤの頭は自分でも意外なほどに冷静だった。熊との戦いを回避する手段や、戦わなくていい理由はいくらでも挙げられる。どれも自分が生き延びるためには十分な理由だ。

だが、頭では分かっている理屈を肉体が拒否している。腹の奥と、拳の奥が熱く火照って、勝手に闘争の支度をしている。こんな感覚は初めてだった。肉体の熱とは裏腹に、脳みそは意外なほど冷静に働いてくれている。

戦う。この体は、戦わねば駄目だと言っている。

そうでなければ。そうでなければ、俺は生き延びたとしても、この山で価値を失ったまま、何十年も生きていくことになるじゃないか。

「ないな」

ようやく慣れてきた手つきで木を削りながら、キミヤは呟いた。

「それは、ないな。このまんま帰るとか、本気でありえない。だよな？　ラウダ」

足元で丸くなっているラウダに声を掛けると、ふんふんと鼻を鳴らしてキミヤが削った木屑を嗅《か》いだ。その頭をキミヤは撫でてやる。犬は拒まず、触れられることを受け入れていた。

「そうだよなあ」

自分も削り屑を嗅ぐ。湿った、まだ生きている木の匂いがした。

太陽が滞りなく傾いていく。ナラの大木の根元に座りこんだまま、キミヤは目を閉じた。今日の昼は犬達とゴロゴロしているだけで、何もしなかった。精神は昂《たかぶ》っているのに、犬達の穏やかな様子に安心してどっと疲れが噴き出てくる。自分の体に意識を澄ませると、あちこちがひどく痛んだ。木などで擦《こす》った跡に加えて、ヒビが入っているらしき肋骨《ろっこつ》がじくじく痛む。呼吸が深くなると腹腔が広がって特に痛むようだった。

まあ、折れて肺に刺さっていたらさすがにまずいだろうが、たぶん大丈夫だろう。

ひどく雑な安心感があった。そもそも、もう死んでしまったとしても構わないとここに残った身だ。肋骨の一本二本が痛むぐらいでは、行動に障りは出なかった。

正直言って、まともな食事と睡眠をとれない環境下で、自分がこんなに動けるとは思っていなかった。本格的に泊りの猟に出たことはないし、山登りなどもしたことがない。考えられる理由があるとすれば、長距離の練習に励んできたことだった。一日で十キロ二十キロを黙々と走りこむ日々は、思っていた以上に自分の足腰や心肺を鍛えていてくれたのかもしれない。

「今更だけど、やっててよかったのかな……」

陸上をやめたあの大会を思い出しながら、キミヤは呟いた。さんざんな終《しま》い方だったけれど、こんな状況で少しでも役に立ったのなら、あの日々も無駄ではなかったのかもしれない。

キミヤはそのままの体勢で、脇腹に痛みを感じながらもゆっくり呼吸した。体内に流れ込む空気は冷たく、澄み透っている。ゆっくり吐くことを心掛けると、徐々に気持ちが平らかになっていった。そのまま、ゆるやかに意識を手放した。

脈絡のない映像が次から次へと浮かび上がっては消えていく。

四日前の宿で入った露天風呂から見上げた半月。自宅に飾られた鹿の首。客間から二階まで響いてくる親父の自慢げな笑い声。義理の母の黒い下着が縫い目のところでほつれかけていたこと。自分一人が冷えた料理を口に運ぶ静かな夕食。

記憶はさらに前へ前へとさかのぼっていく。大会の最中に感じた足の痛み。その焦燥。練習を重ねていた日に見続けた同級生の背中。

ふいに、記憶にない筈《はず》の母の姿が脳裏に浮かんだ。か細くて優しげな、いかにも〝優しいお母さん〟らしい女性の姿。キミヤの人生にとってはほぼ最初からおらず、しかし求めて得られない絶対の対象が都合よく形作られる。

まだ生きているということは父親から聞いていた。生活している街の名前も教えられている。しかしキミヤは結局一度も自分から会いに行くということをしなかった。

多分、仮にこんな山で遭難しなくっても、会うことは一生なかったろうな。そんなことを想っているうち、想像の中の女性は消えた。

空想の世界から、意識はゆるやかに夢の世界へと没入していく。

夢の中で、キミヤは寝ていた。現実の肉体と同じに、木々に埋もれるようにして横たわっていた。ただし生きていない。夢の中で、キミヤは老人の死体になっていた。

死んだばかりの体が冷えていく。身体を守る機能が失われて、すぐに内部から細菌が繁殖を始める。腸を中心とした内臓から順に腐って、発酵して、饐《す》えた臭いを発し始める。

その臭いを嗅ぎつけて、野の生き物どもが集う。蝿の群れが半開きになった口の周りと鼻の穴、そして頬を流れた涙の跡へとへばりついた。

近くの枝に舞い降りたカラスは亡骸《なきがら》を見て、罠《わな》ではなく、本当に死んでいることを確かめてから、閉じられた目蓋《まぶた》ごと眼球を啄《ついば》み始めた。食事の気配を感じ取り、カラスはさらに増えていく。小競り合いを繰り返しながらご馳走《ちそう》を啄んでいると、騒ぎを聞きつけたキツネが近づいてきた。犬達もやって来る。鳶《とび》も上空で旋回し隙を窺《うかが》っている。ここにあるのはもはや老人の亡骸ではなく、山の生き物らの命を繋ぐ貴重な食物だった。

最初は目蓋、鼻、口、耳。老人が生きていた頃、彼の内側と世界とを繋いでいた柔らかな部分から順番に、動物どもはご馳走を貪り食った。

やがて皮膚が剝《は》がれ、脂肪層が露出するとそこも貪欲《どんよく》に。順番を待ちきれないカラスがボロ着をはぎ取ってからは、臍《へそ》。そこの若干柔らかい皮膚を食い破ってようやく、栄養豊富な内臓へと行き着く。

遺体はそうして順序よく食され、やがて昼と夜が幾度か繰り返されて組織が劣化してくると、味をしめた摂食者たちは老人の体をちぎり始めた。より安全な自分の巣でこのご馳走を食《は》むためだ。巣で待つ同胞に、あるいは子たちに、生きる糧を持ち込むために。もろくなった関節から指がもがれ、足首から先が、肋骨が持ち去られ、やがてその場所には一本の太い骨が残されているだけになった。

一人の人間がそこで死んだという証《あかし》として、ただ一本の大腿骨《だいたいこつ》が残された。小鳥に表面を啄まれ、蠅に舐《な》められ、風に吹かれて、その表面は骨らしい白さを増しながら乾いていった。そしてそこに落ち葉はなおも重なっていく。降り積もり、姿を隠され、やがて腐れた葉に塗《まみ》れて土の一部として埋まる。山の一部へと同化する。

幾度か、春と秋とが繰り返された果て、一頭の獣がそれを掘り返す。

再び、骨は陽の光を浴びる。

キミヤが目を開けると、空はすでに茜《あかね》色に染まっていた。あちこちで犬達が体を伸ばし、全身の筋肉を目覚めさせている。

「……夢？」

また俺は妙に生々しい夢を見ていたのか。キミヤは思わず、自分の手足を確認してまだ生きていること、犬を含む動物たちに食われていないことを確認した。肋骨とラウダに咬まれた左手以外、痛むところはなかった。

　夢の中で長い時間を過ごしていたような気がした。何せ、人一人が死んで骨一本になるまでだ。実際に眠っていたのは二時間もないぐらいだろうに、夢の中では何週間も経っているようだった。

　キミヤは強張《こわば》った体をひとつひとつ伸ばしながら、ぼんやりと夢を思い返す。あれは、オーナーから聞いた曾祖父の話と、さっき見つけたラウダの宝物らしき骨が合わさったものだろうか。あの骨が本当に人骨なのかは分からないし、そもそもオーナーの話すらどこまで事実だったのか確認しようもないというのに。勝手に物語を結び付けた自分の短絡をキミヤは笑った。

　ふいに、ラウダが大きく遠吠えをした。次に白黒が、チワワが、雑種が共に吠えて、山中には戦いを望む宣言が響く。ひとしきり鳴きあった後、犬達は示し合わせたように一つの方向に歩きだした。

　キミヤも共に歩く。隣には付き従うようにラウダが歩いていた。

「……カムイミンタラ」

　キミヤは記憶を頼りに呟く。機内で読んだ北海道を紹介するパンフレットに山の景色と共に書かれていた言葉。意味は確か、〝ヒグマの遊ぶ場所〟。アイヌの人々の言葉がまだ血肉を伴って山野にあった頃、この地域はやはり神とみなされた熊たちの遊び場として相応しい地だったことだろう。

しかし、今は違う。運命の狂った犬達と、イレギュラー過ぎる熊と、死んでもいいがただ死ぬのは嫌な人間の自分。美しい遊び場などではなく、血生臭い遊戯盤がせいぜいだ。

「まあ俺、喧嘩弱いけどゲームは割と得意なんだよ。引きこもり舐めんな」

ラウダに呼びかけると、彼女は奇妙に透明な両目でキミヤを見る。同調も怯《おび》えもない水平な視線に、どこかほっとした。

美しい神はここにはいない。歪《ゆが》んだ輪の内側に取り込まれた動物たちだけが、自分達の生命を少しばかり延ばそうと足掻《あが》いている。

人間と熊と犬ども。主を持たない駒自身が、自分の命を懸《か》けて這《は》いずり回る。ひとつふたつ消えたところで、ゲームの趨勢《すうせい》が特段面白いものになる訳じゃない。

ただ、駒には各々、意思が宿っている。死に物狂いで生きてやろうという、絶対の志向が。

「残機気にしなくていいゲームって最強だよな」

キミヤは呟くと、両手を空に伸ばしてそのまま全身の関節を伸ばし、隅々まで動くことを確かめた。傷やら命やらは後回しだ。俺は俺を狩ろうとする奴を狩ろう。でないと何もかも終わらないし、終わらせることができない。

キミヤの口元が歪んだ。嗤《わら》っているのだと気づいた。道連れになってしまった、或《ある》いは自分を道連れにした犬達を、ふいに心から愛《いと》おしく思った。仲間か、下僕か、主《あるじ》なのか。そんな関係はどうでもいい。共にやるべきことをやるだけだった。

「おい。戦うよな？　熊、殺そうな？」

そう訊《き》くと、ラウダは両耳をぴんと前方に尖らせてウォンと鳴いた。少し笑っているように聞こえた。

# サバイバー

　その犬の父親は自由だった。かつて猟銃を携えた者が、猟の相棒として本州から連れて来たイングリッシュ・ポインター。白と黒のブチ模様で彩られた体は細身で美しく、無駄のない動きで獲物を追う優秀な猟犬。それが父親だった。

　父犬は大きな首輪を付けていた。飼い主がネット通販で海外から取り寄せた特別な品。位置発信機能が付き、飼い主が手元のリモコンを使用することにより犬にごく微弱な電流を流すことが可能な首輪だ。それが、父犬の首をがっちりと囲んでいた。

　勢子《せこ》として訓練を重ねた彼は、実に優秀に役割を果たす。主《あるじ》と共に山に分け入り、人間には分からない鹿の気配を察する。その際、前足を片方、ぴっと後方へと向ける。彼の犬種に特徴的な癖で、それで主に獲物の発見を示しているのだった。そして見つけた鹿を藪《やぶ》から追い出し、主に仕留めさせる。仕留めた主は彼を誉め、承認は彼の欲求を満たす。そこまでが彼の通常の仕事だった。ただし、彼は老いていた。衰えはじめた身体機能は経験と飼い主の気配りでなんとか挽回《ばんかい》できたが、肝心な頭の中からは少しずつ訓練を重ねた内容が消え去っていく。それに飼い主も、彼本人も、気づいていなかった。

　ある時、彼は飼い主がついて来られないスピードで農村地帯を駆け抜けた。後方から命令と怒号が響くが、彼の弱まった聴力はそれを捉《とら》えられない。風上から、抗《あらが》いがたい良い匂いがしていた。

本能はその匂いにすぐに応じた。その匂いをもっと嗅《か》ぎたい。近づきたい。彼はただ欲求のままに駆けて、ある農家の庭先に繋《つな》がれた雌犬に出合った。彼を狂わせる、あの匂いはここから放たれていた。

　そして彼に対する命令は、ここで完全に無視された。飼い主は手元のリモコンを操作して首輪に電流を流す。しかし彼はそれでも雌犬との行為を止めなかった。彼の性器は雌の体にがっしりとはまりこみ、射精が終了しない限りまず外れることはない。このために、彼の体を流れた電流は雌の体にも伝播《でんぱ》する。とばっちりを受けた雌犬が激怒して吠《ほ》えかかり、ようやくまぐわいは終了した。

　首輪から伝わる飼い主の怒りと、目の前の雌犬の怒りを感じ取って、彼は混乱した。行くべき先を見失い、周囲を駆け回り、やがて飼い主が見つけ出した時には、彼はすでに車に轢《ひ》かれ、首輪つきのただの肉塊と化していた。

時が過ぎ、雌犬の飼い主は、番犬の腹が膨れていることに気づく。餌の量は特に変えていないにもかかわらずだ。乳腺《にゅうせん》と乳首が大きくなるに至って、飼い主はこの犬がいつの間にか妊娠していたことを知る。

腹が大きくなった雌犬は車に乗せられ、五十キロ離れた山中に置き去りにされた。もともと知人の農家に子犬が増えて困るからと押し付けられ、ろくに可愛がらず、躾《しつけ》もせずに庭先に繋いでいただけの茶色の雑種犬だ。番犬としての役割も十分ではなく、飼い主にとって犬が孕《はら》んだのは手放す良い機会だった。

雌犬は見慣れない場所に連れて来られて当惑するが、飼い主を恋しがって悲しみに暮れることはない。彼女にとってみても、人間は慣れ親しみ共に歩む存在などではなかったのだ。

母親となる予定の彼女は生き延びる。山中でネズミを狩り、リスを捕え、民家近くまで行っては生ゴミをあさって食料を得た。

独り静かに出産を終えてからは、五頭の子どもが彼女の連れとなった。仲間としての子を得て、彼女は今や小さな群れのリーダーだ。リーダーは皆を食わせる責任を追う。もっと効率よく、もっと良い餌を手に入れるためにはどうすれば良いか。

彼女とその子どもは、茶色の母と父似の白黒ブチ模様の子犬達は、牧草地に足を踏み入れるようになる。そこで放牧されている牛は、時折畑のど真ん中で仔牛《こうし》を産んだ。最初はその際に排出される後産を狙った。栄養豊富な胎盤を食べて、子らは順調に成長する。もっと食料が必要になる。

小さな群れは、仔牛そのものを狙うようになった。複数の襲い手がいて、団体行動が可能であれば、食料確保はチームとして効率的になる。数を頼みに仔牛を襲い、やがて齢《とし》をとった牛や足を悪くした牛を狙って襲う。さらに食料は増え、彼女の群れは満たされる。親子は今やチームとして、完璧《かんぺき》な役割を果たしていた。

しかし、その完成形は人間にとっては大層厄介だった。

所有する乳牛を野犬に襲われた人間は激怒し、人間らしい対処法を講じた。野犬の群れのテリトリー内に、人間が用意したその餌は撒《ま》かれた。柔らかくて、いい匂いがして、いかにも旨《うま》そうな肉の塊を幾つか。中には注射針で毒物を染みこませてあった。

効果は抜群だった。群れは一頭残らず弱り、動きが緩慢になった。痩《や》せ衰え、食料を確保できず、また痩せた。

人間達はそこを襲撃したのだ。棒を持って動きの鈍い群れに襲いかかった。叩《たた》き、打ち据え、存分に恨みを晴らした。群れのリーダーたる母犬は絶命しても叩かれ続け、全身の骨が粉砕されてようやく藪に放り投げられた。彼女の子たちも同様に扱われた。

ただ一頭、もっとも体の小さい雄の子だけがこの災難から逃れていた。体が小さいために兄弟に餌を奪われ、結果として体内に毒がほとんど入らなかったのだ。

そうしていつものように群れから遅れていた彼だけが、無事だった。被害のないまま、自分の肉親が人間達に打ち据えられるところを最初から最後まで目撃した。藪の間から母の死を見ながら、藪から飛び出さずにいた。ただじっと、そこで息を潜めることに努めていた。

生き残った子犬は、人間達に気取られないままその場を離れた。群れが存在していなければ、彼はもう人間達が住む場所の近くにいる理由がない。母に仕込まれたように小動物を襲い、かろうじて命を繋ぎとめながら、森の奥、山の上へと子犬は歩みを進めていく。

そしてやはり、新たな犬と出合う。警戒と、互いの理解と、いくばくかの敵意を乗り越えて、彼は新たな群れを手に入れる。

新たな家族。そこで彼は為《な》すべきことをする。肉親の死を目の当たりにした冷静さで、群れのために一番的確な判断を下す。

そうしてリーダーを補佐し、彼はその脇で常に自分にできる最大限のことを為す。ただそれだけが、彼の生きる目的だった。

# 狗命尽きず

陽が山稜《さんりょう》の向こうに隠れ、時刻の割に幾分早い夕暮れを迎えた頃、キミヤと犬達はそれを見つけた。

熊がねぐらとしているらしき、笹の葉が踏みつぶされ、少し開けた一角だった。地面に埋められた死体は、左腕と迷彩柄のジャンパーの一部だけが土の上に露出していた。

粗い土饅頭《どまんじゅう》に向き合ったキミヤの周囲を、犬達が取り囲んでいた。血と肉の臭いを感じ取ったか、フォックステリアがその近くに走り寄る。それを、ラウダが鋭く吠《ほ》えて制した。

「なあ。生きて、……ないよな」

一応、声を掛けて、キミヤは大きく息を吐く。生きているはずがなかった。

期待は静かに裏切られていた。土に埋められて身体そのものは見えないが、そこに生きている気配はまったくない。周囲には血と臓物と、犬の臭いを強くして発酵させたような、異質な生き物の臭いが残っていた。

「そうか。父さん、駄目だったのか……」

感覚が麻《ま》痺《ひ》していた。やっぱりな、とか、しょうがないか、とか頭のどこかで冷静に考えつつ、土に埋まった死体をぼうっと眺めて、それ以上体が動かなかった。

「ここは、大声でも上げて泣くべきところなんだろうな」

　奇妙に冷静な自分が意外だった。いくら疎んじていて、熊に襲われる直前にはその背に銃口を向けさえしたとはいえ、こんな形で死んで欲しかった訳などないし、もう戻らないという事実は重く受け止めている。なのに、この惨状に涙が出ない。こんな自分は薄情なんだろうか。キミヤは立ち尽くしたまま考えた。

　犬達と共に山中を歩き、まず先頭に立っていた白黒犬が吠えた時、父親なのではないかと予想はした。そして、実はかろうじて息があるんじゃないか、生き延びているんじゃないか、そう思いもした。

「俺、薄情な息子なのかな……」

　そもそも、熊がいてしかも人間が入ってはならないところに侵入したのは父親なのだし、今まで散々、必要もないのに男のロマンなどと言って動物を撃ち殺してきたのだから、あまり文句も言えないのではないか。彼が死に至るまでの過程で、納得できる要素はかなりあった。自業自得、端的に言えばそれに尽きる。頭の片隅はそう主張している。

現実を納得するためにそこだけフル回転している。しかし実際、キミヤの体は動かない。

「でも、だからって、こんな半端な扱われ方もないだろ。そこまでの報いとか受けなきゃならない訳じゃないだろ」

茫然《ぼうぜん》としながら、キミヤは口ばかりを動かした。自己嫌悪とか、弁護とか、理由とか、そんなことではなく父を悼んで泣き狂うのがあるべき姿だろうに。自分が堪《たま》らなく情けなくなった。

　発見から時間が経ったため、それまで周りで様子を見守っていた犬達が、埋められた父親の体に近寄って臭いを嗅《か》ぎ出す。それを見て、ようやくキミヤは動きだした。

「いやちょっと待て、それはお前たちが食っていいもんじゃない。待て。どけって」

　キミヤは急いでしゃがみこみ、父親を掘り出し始めた。道具はない。ただ、自分の手だけを使って、死体の上にまだらにかけられた土や木の葉を除《よ》け始めた。

　土は冷たく硬い。いけない、あんまり時間かけてると熊が戻って来るかも。そう考えた頃、ラウダが近寄って前足で掘り始めた。

「お前。手伝ってくれるのか？」

　続いてチワワが、茶色の雑種が、土を掘る作業に加わる。白黒犬だけが皆から距離を取り、周囲の様子を窺《うかが》っていた。

「食うために掘ってるんじゃないだろうな、お前ら……」

　キミヤは訝《いぶか》しんだが、体の一部が露出しても、犬達はそれ以上臭いを嗅いだり食おうとしたりすることなく、掘り出す作業を続行した。

「ここ掘れワンワンで親の死体、犬と一緒に掘り出すことになるとか、考えたことなかったな……」

キミヤは自暴自棄に呟《つぶや》くが、周囲の犬達は休むことなく掘り続けている。

犬の、手先から出たままの爪は効率的に土を除けた。

「流石にな。お前らに親父の体、食われる訳にいかないんだよ。どっか、熊にも届かないところに置いておくか、それともひとまず深い穴掘って埋めてやるか……」

あらかた死体を引っ張り出し、キミヤは体についている泥を払ってやった。

死体は熊に食われて内臓のあたりがごっそりと抉《えぐ》れ、右腕と左足が千切れたのか、それとも食われたのか、根本から欠損している。服は荒く破られていた。損傷の激しい中で、後頭部に大きな傷跡がある以外、顔はほとんど傷がないようだった。

キミヤはまだ泥だらけの顔を手で拭《ぬぐ》い始めた。その肌は当然、冷たい。当たり前のことだと分かってはいても、最初触れた時に少し、手を引いた。

殺された。もう死んでいる。もう生き返ることはない。

脳が痺《しび》れていた。手足が痺れた時とまったく同じように、あらゆる知覚を受け入れず、自分でうまく動かすこともできない。それからゆっくりと事実を認識し始めた。

「早すぎるだろ、馬鹿親父……」

親より早く死ぬ子どもは親不孝だとよく言うが、まだ教えられるべきことが沢山ある子どもを残して死んでしまう親というのも相当な不孝者なんじゃないのか、とキミヤは思った。顔にかけられた土はこびりついており、なかなか取れない。ウェアの袖《そで》で拭っているうちに肺の奥がぎゅうと引き絞られたように感じて、キミヤは少しの間だけ泥にまみれた父親の手を握り、しばしの沈黙と思考停止を自分に許した。犬達は周りでじっとこちらを見守っていた。

　時間にして少しの惜別の後、キミヤは顔を上げた。空が藍《あい》色を帯びてきたため、火を熾《おこ》すことにした。周囲に落ちている枝を適当に集めて小山にし、ウエストポーチに入っていたマグネシウム製ファイヤスターターを削る。ナイフでファイヤスターターの表面を擦《こす》ると火花が飛び、白く発光してマグネシウムに着火した。枝の密度や量を調整して、焚火《たきび》を整える。犬達は周囲を警戒しながらも、黙ってキミヤの行動を見守っていた。

　考えてみると、父親が襲われる前の夜、野宿をした時にこれで火をつけることを教わったのだ。

「こんな形で役に立つとか、考えもしなかったけどな……」

　キミヤは灯りのもとで父親の顔についた泥を完全に拭い取り、また火の管理に努めた。犬達はやはり特別怯《おび》えたり苛《いら》ついたりする様子はない。父親にかつて、熊は特に個体差が激しく、火を全く恐れない者もいると教わっていた。あの馬鹿でかい熊も、火を怖がるとは到底思えなかった。そしてここは熊の拠点だ。絶対に帰って来る。キミヤには確信があった。

　夜が更け、少し太った半月が昇り始めた。キミヤは炎を一定に管理することにだけ注意を払っていた。犬達は火から一定の距離をとって横になったり、周囲を警戒したりしている。風もなく、静かな夜だった。静寂の中で唐突に、唸《うな》り声が周囲に響いた。犬も、キミヤも、慌てて声のした方を見る。後方で周囲を警戒していた白黒犬が、藪《やぶ》の方に向かって姿勢を低くしていた。

「まさか」

　キミヤの呟きと同時に、ラウダも他の犬達も同じように体を伏せ、耳を前方に立てて、最警戒の態勢を取る。

　来た。来やがった。

　キミヤは木の棒を手に構える。ウエストポーチから胸ポケットに移した道具を確認する。その間に、藪の向こう、暗闇のさらに奥から、ゴゴッと地鳴りにも似た音がした。

　……気づかれている。威嚇されている。怒っている。

　キミヤがそう思った瞬間、黒い塊が藪から飛び出て来た。

「うわっ！」

　瞬間、キミヤの全身の毛が逆立った。犬達も、熊の突然の切りこみに一瞬身構えたものの、すぐに全頭が全力で吠え始めた。

熊は四本足で、犬の群れに突進していた。タイミングを見て横へと飛び退《すさ》る犬の中、逃げずに向かっているものが一匹いた。

ギャウギャウギャウギャウ！

フォックステリアだった。両者が全力でお互いへと向かっていく姿は、キミヤがラウダに突っ込んでいった時と同じだった。

しかし今回はさすがに体格が違いすぎる。熊は走りながら、蠅を払う仕草で小さく前足を振るった。その爪先《つまさき》がフォックステリアの顔へと当たり、水風船が割れた時のように頭が弾《はじ》けた。

「てめえ……！」

キミヤは声を荒げた。ラウダは一層激しく熊に向かって吠えたてる。他の犬達も同様だった。

父親を食われた時とはまた違った種類の怒りが、キミヤの全身に漲《みなぎ》っていた。気持ちの箍《たが》が外れて、これまで経験したことのない感情の波に震えてはいるが、同時に心は奇妙に研がれていた。何をすべきかを考える。そのために必要な手段を考える。集中力が研がれている。

熊は右前足を赤く染め、倒れたフォックステリアの体を一顧だにしないまま、かつての獲物、土に埋めた筈《はず》の死体のところまで移動していた。死体を大事そうに咥《くわ》え、そのままキミヤと犬達を振り返った。その目は赤く充血した白目に縁どられ、明らかに怒りに燃えている。俺の獲物だ、渡さない。そう示しながら侵入者を睨《にら》みつけていた。

「お前も怒ってんのかもしれないけど、生憎《あいにく》俺も相当怒ってるんだ」

キミヤは熊に語りかけた。正直、恐ろしい。体中の毛穴から冷たい汗が噴き出しているし、膝《ひざ》も竦《すく》む。しかし、この熊を絶対に許してはおけない。全身の細胞が、怒りと冷静さの両極を具《そな》えて活性化していた。

「許さねえから、絶対」

キミヤは宣言しておきたかった。熊と、自分と、犬達に対して、宣を下しておきたかった。熊は滔々《とうとう》となにやら吠える小さな生き物に警戒し、そのままの体勢で睨みつけている。キミヤも、自然と熊を見る目が険しくなった。睨みつけて、一方的に、命令する。

「あと、悪いけど、それ、お前の晩飯じゃなくて俺の親父だ。だから返せ、それ」

言い終えるや否や、キミヤは上着のポケットに入れていたファイヤスターターを、背後の焚火へと投げ入れた。

マグネシウムの塊が火と反応し、周囲に強い光を放つ。熊と犬達は突然の発光に驚き、余りの眩《まぶ》しさに目を瞑《つむ》った。キミヤは光が背後だったため目は眩《くら》んでおらず、発光と同時に木の棒を手に熊へと飛びかかった。

光に怯《ひる》み、熊は咥えた父親の死体を取り落としている。その、無防備に晒《さら》された首と胴体の間あたり目がけて、渾身《こんしん》の力を込めて先を尖《とが》らせた棒を突きたてた。

手ごたえはあった。キミヤの腕に、木の先端が熊の皮膚を突き破る感覚が伝わってきた。そのまま肉を切り開き、先端が骨に当たって停止する。手ごたえはあるが、熊は悲鳴を上げもしない。致命傷にはならなかったか、キミヤは残念に思いつつ、すぐに棒を引き抜いて距離を取った。

ようやくマグネシウムの光はおさまり、犬達も首を振りながら感覚が戻るのを待っている。熊だけは、停止したままだった。

熊は二本足で立ち尽くし、さらに少ししてから、自分の肉体が被害を受けたのだとようやく理解した。

ゴワアアアッ！

痛みと怒りがない交ぜになった咆哮《ほうこう》が、周囲を震わせる。群れの外側で戦いを見守っていたチワワが後ずさって尻尾《しっぽ》を下げた。

なおも咆哮しながら、大熊は滅茶苦茶に両前足を振り回した。左右が連動しない動きに上体が揺らぎ、大きな腹が左右に揺れる。

熊のその大きな腹の中に、何が入っているのか。キミヤの父親の残骸《ざんがい》には、明らかに内臓と肉を食われた跡があった。つまりは。

それを理解した瞬間、キミヤの中でひとつの回路が接続された。日常では決して表に出ない、無意識のうち厳重に秘匿されている古い古い思考回路。そこに、怒濤《どとう》の勢いで血が通う。

……赦《ゆる》すな。こいつを赦すな。赦さず、殺して、その身を引き裂いて食え。

キミヤの中で、言葉が消えていた。

怒りも怨嗟《えんさ》も焼け果てて、ただ真っ白な脳裏のままで木の枝を熊に向かって投げつける。その棒が届いたか、どうかという時に、犬達は動いた。

熊は自分目がけて飛んで来た棒を、前足を使って払い飛ばした。棒はどこかに弾けて飛んだ。その瞬間、まるで示し合わせてあったかのように犬達が一斉に熊に飛びかかり、爪で牙《きば》で、文字通りに食らいついた。

ウガア、と、明らかに苦痛と不快を訴える熊の声が響いた。身体にとりついた犬達を払いのけようと体を揺らし、前足を振り回す。しかし犬達は懸命にしがみつき、熊はもがいてキミヤに背を向けた。

躊躇《ためら》いはなかった。キミヤは一気に走り寄ると、姿勢を低くしていた熊の頭部に後ろからしがみつく。そのまま、渾身の力で耳にかぶりついた。

ラウダの時の比ではないほど強く噛《か》みついたせいで、顎《あご》の合わせ目、耳の奥の辺りがギリギリとおかしな音を立てる。しかし、キミヤの脳はそれを知覚しない。構わず噛みつき、さらに力を込め、千切らんとばかりに食らいついた。食い付く時に大きく口を開けたせいで、唇の両端が切れて血が顎に滴っていく。

敏感な感覚器官への攻撃に、たまらず熊は前足を伸ばすが、爪はキミヤまではぎりぎり届かない。そのため不快そうに頭を激しく振る。しかしキミヤは振り落とされることなく、さらに力を込め続ける。本来は肉に食いこむという役割を持つ犬歯が、剛毛の奥の皮膚に届く。「ぐうっ」という声が勝手に喉《のど》から出たのと同時に、上の前歯が一本と下の前歯が二本折れた。

痛みは脳まで届かない。ただ、熊に食いこむ接点が減ったために、他の歯により圧力がかかっていく。次に右上の犬歯が軋《きし》んで欠けた。

周辺では一度熊から離れた犬達が、キミヤと熊に向かって吠え続けていた。犬の口内の赤さと牙の白、そしてそこから垂れ落ちる幾筋もの唾液《だえき》がキミヤの視界の端できらめいては消える。

耳にかじりつく邪魔者を本格的に振り落とそうと、熊は一際大きな咆哮を上げた。首を振るだけではなく、上半身を揺すってキミヤを振り落とそうというのだ。キミヤは両手で熊の首を絞めるようにしてしがみつき続けた。

頭を反らしたため無防備になった熊の首に、ひとすじの塊が飛びつく。ラウダだった。大きな足、大きな関節とそれに伴う筋肉を存分に活《い》かして、熊の首っ玉まで軽々と飛び上がる。そのまま、ガアガアと吠え続ける喉笛のあたりに咬《か》みついた。

熊の皮は厚い。皮膚それ自体が頑丈なうえ、外側は固い毛が密生している。さらに皮下は脂肪が満ちて疵《きず》から筋肉や血管を守っているのだ。

しかしラウダは実に的確に、弱点であり皮下脂肪の少ない喉を狙って咬みついた。そして人間には負けぬとばかりに、鼻近くまで唇をめくり上げ、渾身の力を込めて牙を食いこませた。

致命傷にこそならないものの、耳に喉にと捨て身で咬みつかれたとあらばさすがの熊も強い苦痛を感じる。加えて周囲の犬達が放つ、止むことのない無数の吠え声。熊の理性を削《そ》ぐには十分であった。

　ゴアアアッと、一際大きく熊は吠えた。丈夫な体にとりついた一人と一頭を排除すべく、熊はその場に勢いよく倒れ込んだ。ぐらりと揺れた拍子にラウダは牙が外れて飛び退り、キミヤは地面へと叩《たた》きつけられた。

「うがっ！」

　頭にとりついていたせいか、巨体の下で押し潰《つぶ》されることだけは避けられたものの、叩きつけられた衝撃でキミヤの呼吸は一瞬止まる。地面に無様に転がるだけで、身動きができない。そこを、先に立ち上がった熊が見逃すはずはなかった。

　熊は二本の足で立ち上がり、大きく口を開いていた。焚火の光に照らされて、光る唾液が一筋落ちるのがキミヤにも見えた。そのまま、太い前足を振りかぶってキミヤに振り下ろす。

　振り下ろす、はずだった。

　来たるべき衝撃に備え、目を瞑っていたキミヤは身を竦めた状態から再び目蓋《まぶた》を開く。そこには、熊の鼻先に食らいついた白黒犬の姿があった。

　毛と皮膚の薄い顔面。しかも、軟骨である鼻の部分に咬みついて、白黒犬の牙はさらに熊の鼻孔の内側まで届いていた。

反射的に、熊は顔面に飛びついてきた犬を前足で叩き落とした。ゲフッという、悲鳴にならなかった呼吸と、べきり、という不吉な音が周囲に響く。

「おいっ！」

思わずキミヤが声を荒げた時には、白黒の体は手近な木の幹に激突していた。木にぶつかり、重力に准じて地面へと落ちる。その体は上半身と下半身が奇妙にねじれ、もう動かなかった。

キミヤは熊に背を向けた。そのまま、全速力で走り去る。当然、熊はそれを追った。長距離とはいえ何年にもわたって体を鍛え続けていたキミヤの脚は、ただの人間の速さではなかった。

熊の全力疾走は普通の人間の走りよりもかなり速い。ただこの時、熊には小さな狂いが生じていた。その鼻孔、空気が通る穴から、白黒犬の牙が刺さったせいで血が噴き出している。当然、呼吸は普段よりも困難になる。

走りながら、熊は反射的に前足で鼻を拭う。呼吸が苦しい。走り辛《づら》い。このため、逃げだしたちっぽけな人間との距離を詰められなかった。

全身を使い、ストライドを最大限に広げてキミヤは走った。視界の隅に、併走するラウダの姿が映る。スピードを落とさないまま、首を少し動かしてさっき白黒が倒れた場所を見た。やはり動かない。

キミヤは唾を飲み込むと、手近で、登りやすそうな木を見定めた。自信があるわけではなかった。ただ、研がれた直感で、なかば朽木になったナラの大木に決めた。枝が根元から幾重にも枝分かれして登りやすそうだし、高さがあるから上まで登りさえすれば追いつかれにくい。

　早速、無我夢中で木に登りはじめようとする。木の根元には偶然、先ほど熊に弾き飛ばされた棒がぶつかって落ちていた。キミヤはそれを木肌に立て掛け、その端を最初の足場にして登り続けた。

　なぜかチワワが一緒について来ていた。器用に枝から枝へと飛び上がり、キミヤより先に上へと登っていく。興奮し、大きな目をさらに見開いていた。

　チワワの意図は分からなかったが、身軽な犬が登った枝に手足をかけると、その枝はしっかりとしていて良い足場になった。

「案内のつもりか。つうか、野生のカン凄《すご》いな」

　木の高さの半分、高さにして三メートルほどを登ったところで、熊が木の根元まで追い付いた。その表情は鼻から流れた血に塗《まみ》れ、一層恐ろしく見える。しかし、キミヤはもう怯むことはなかった。

　熊は幹にとりつき器用に登り始める。顔は上にいるキミヤと犬を睨んだままだ。

「それでいい」

　キミヤはポケットからナイフを取り出した。父親が買い与えてくれた、機能が多すぎるビクトリノックス。その、一番刃の長いナイフを本体から引き出す。

　たった二日前、この熊に襲われて自死を決意し、自分の首へと当てた刃。それを、キミヤは下向きにして本体を両手で持った。

　熊は爪が届きそうなほどに近づきつつある。地面では、ラウダがこちらに向かって懸命に吠え立てていた。その目と視線がぶつかる。キミヤはほんの一瞬、笑ってみせた。躊躇《ちゅうちょ》はなかった。この一撃の後、生き残っているという確証はまったくないし、熊にとって致命傷になるのかどうかも分からない。

　それでも構わなかった。抗《あらが》う。戦う。そのために生きる。それが共に戦った犬達の、そして今の自分の行動原理の全てだった。

　キミヤは手にしたナイフを突きだし、熊目がけて頭から落下した。

「ああああ、あっ、うおああっ!!」

　吠えながら、落ちる。

　突き出したナイフが開いた熊の下顎あたりに突き刺さった。しかしそれだけ。ナイフはそれ以上刺さることなく、キミヤの体は熊へと中空でぶつかった。熊は体勢を崩し、木肌に立てた爪が外れる。一人と一頭は、ひと塊になって落下した。

　……だめだったか。

　一瞬で、キミヤは思い知る。やはりこのナイフでは熊にたいした傷をつけることもできなかった。落ちただけだ。落ちて、きっとこの熊はかすり傷ひとつなく、一緒に落ちた俺を易々と殺すだろう。

悔しさはある。しかし、自分にできることは全部やった。やれた。悔しさと達成感がない交ぜになっていた時、その衝撃がキミヤの体にも伝わった。

熊の体に異変が起きていた。ナイフによるものではない。もっと重大な痛みと衝撃が、熊の体を貫いていた。

キミヤが木に登る際に立てかけて足場にした棒。それが、熊の体に深々と刺さっていたのだった。

熊の自重があることに加え、落下の衝撃が加わって、木の棒は下から杭《くい》のように熊の胴体を深々と貫いていた。

腰から入った棒が内臓を次々と破壊しながら、肋骨《ろっこつ》を内側から破壊して体表に出る。キミヤは熊と一緒に落下しながら、その肉体が破壊される衝撃を自分の体にまで感じた。

哀れがましい悲鳴はなかった。生まれて初めての痛みに対して熊が発したのは、ただ怒号だった。犬や人や仲間の熊たちに向けられた唸りをとうに超えた怒りの声が、文字通り大地を震わせた。

驚きと怒りの入り混じった咆哮に、犬達の逆立っていた首の毛がさらに硬直して天を向く。

地面に叩きつけられた衝撃を感じる間もなく、キミヤの全身も頭から足先まで凍りついた。熊はすぐに立ち上がった。二本足で立ち、そしてすぐ自分に刺さった杭ごと背中から地面に崩れ落ちていった。

キミヤは熊が完全に横たわるまでを、ひどくゆっくりに感じた。動かない熊を眺めるうち、息が苦しくなってようやく、自分が呼吸を忘れていることに気づいた。

一度大きく空気を吸い、ゆっくりと吐く。

「やった……！」

致命傷を負わせた。そう確信した瞬間、キミヤの口から歓喜の言葉が零《こぼ》れ出る。ほぼ同時に、ラウダら数頭の犬達も興奮して大きく吠えた。

全身がまだ強張《こわば》っているのをキミヤは感じた。地面に落ちた時に打ったのか足が少し痛んだが、幸い折れてはおらず、動かすことができた。キミヤと共に木に登っていたチワワも、器用に地面に降り立った。

地面に倒れ伏した熊のほうに向き直ると、黒い毛の塊と化した熊はゆっくりと縮んでいくようにも見えた。死んで筋肉が収縮しているのだろうかとキミヤは思う。胸から出た杭の先端が赤黒い血に塗れ、その周辺に湯気が漂っているのが見える。犬達も未《いま》だ背中や肩の毛が逆立ったまま、慎重に熊のほうへ一歩近づいた。

これで、ようやく終わった。キミヤがそう思った時、ラウダの上体が一層低く屈《かが》められた。

「ラウダ？」

この局面で警戒を深めるような動きに気づき、反射的に倒れたはずの熊を見る。胴体を、あれだけ太い木が貫通している。たぶん内臓はズタズタだし、確信はないが心臓のあたりも貫いている。キミヤは熊が死ぬに十分な理由を思い描いていた。そうだ、あの、尖った杭の先が出ているあたり、あそこは親父が以前、映画を見ながら熊の心臓はあの辺だと教えてくれたところだ。

　間違いない。そうだろ？

　確信というより、願いを込めて熊の姿を追ったキミヤはすぐに、自分の思いが裏切られたことを知る。熊は立ち上がっていた。杭の先を胸元から出し、裂かれた腹から内容物を零し、小便と大便を大量に漏らしながら、地面にしっかりと立っていた。キミヤの真正面で、濡《ぬ》れたような黒い眼と血走った白目の半々になりながらこちらを見下ろしている。

「なっ、んでっ！　嘘だろ、おいっ！」

　抗議の声を無視して、熊は滅茶苦茶に両腕を振り始めた。反動で巨体がぐらぐらと揺れるが、かろうじて二本足で立った姿勢は保っている。

　キミヤはその動きから目を離せず、腰が抜けたような体勢で後ずさることしかできなかった。すぐさま背を向け走り去れば良いのだろうが、熊の顔から目線を外すことができない。

　ラウダがいち早く動き、キミヤの前に立ちふさがるようにして熊にガウガウと吠え始める。他の犬達は動き回る熊から一定の距離を取り、全頭が異様に甲高い声で吠えついていた。パニックだ。奴らも目の前で起きている事態が呑《の》み込めていないのか、そうキミヤは感じる。

攻撃を繰りだしながら、轟《ごう》と熊は唸り続けていた。その口の端から涎《よだれ》と一緒になった粘液状の血液が飛び散る。その血の向こう側で、熊の目は確実にキミヤを見ていた。

〝易々と死んでやるものかよ〟

その目と、血を吐きながら絶えない唸りが、杭を刺されても倒れない体が、そう主張しているのが分かった。

「お前」

必死で距離を取りながらも、キミヤは茫然と語りかける。

「俺と同じか？」

自分の体に小さな刃を向けて、生きることを諦《あきら》めた時のことを思い出す。たかが十センチ足らずのナイフの刃。それでもなんとか死ねるだろうと、血の通う動脈にぴたりと当てた。そして、その瞬間に猛然と感じた怒りを振り返る。

冗談じゃねえ。何で俺が死ななきゃならねえんだ。

このまま山ん中でめそめそ泣いてひっそり自殺するぐらいなら、せめてあの犬畜生と熊野郎をできるだけ傷つけてから死んでやる。簡単に死んでたまるものかよ。

リタイアなどしない。絶対に、諦めない。

「あん時の俺と同じか」

　熊は、勿論《もちろん》問いに答えはしない。血をとめどなく流したまま、目の前の宿敵を睨み、

　やがて自分の動きを阻んでいるものに気が付く。

　ただでさえ傷つき鈍重になった体を、内側から固定している杭。それを、両の前足で挟んで引っ張り始めた。

　麻痺していた痛覚が蘇《よみがえ》ったのか、熊の怒号に痛みによる悲鳴が入り混じる。キミヤはその叫びを浴びながら、もう逃げずに熊の様子を見ていた。体を貫いていた杭は倒れた時に熊の体内で折れていたのか、存外短い状態で熊の胸から引き抜かれた。熊の尻《しり》近くには、まだ杭の反対側が肉に埋まったまま突き出ている。

　杭が引き抜かれた瞬間、その孔《あな》から大量の血が噴き出した。熊の叫びに呼応して、びしゃびしゃと鮮血が流れては黒い毛皮と周囲の地面を濡らしていく。

「心臓。潰れてたのか」

　キミヤの呟きに熊は応《こた》えない。応えないままで、胸の傷から血は流れ続け、その勢いが収まると、ゆっくりと熊は後方へ倒れた。

　熊の背後に回っていた茶色犬が慌てて後ろへと飛び退る。地面に横たわった熊は二、三度だけ四肢を動かした。しかしそれは攻撃のためではなく、ただ無為に空を切る。痙《けい》攣《れん》か、とキミヤが思うのと同時に、とうとうその動きを止めた。

　周囲を取り囲んだ犬達がなおも吠え続ける。心臓を杭に潰されていても執念で動いた

怪物の、さらなる動きを警戒する。

「やめろ」

キミヤは重い声で告げた。発音の並びよりも、声の響きから意味を読み取って、まずラウダがそれに従う。次にチワワが続き、犬は全て無言になった。


キミヤは横たわった熊の体に近づいてみた。熊の傷からはなおも血が流れて地面に赤黒い染みを広げている。よく見ると血と傷からはうっすらと湯気が立っていた。血と泥で汚れた黒い毛はくしゃくしゃに固まっている。もう犬達の背中のように逆立ってはいないようだった。

「そりゃ、もう死ぬよな、さすがに」

人間のいうところの出血多量が、熊でいうところのどれぐらいの血の量なのかは分からないが、さすがに心臓を潰された上にこの大量の出血ではもう死んだだろうとキミヤにも分かる。頭の横に近づき、跪《ひざまず》いて顔を覗《のぞ》き込むと、両目は血走って見開かれたままだった。しかし死んだからなのか、それとも瞳孔《どうこう》の拡大からそう見えるのか、もうそこに怒りも憎しみの色も宿ってはいなかった。

「よく死んでるよな」

キミヤはそう言って、熊の目蓋を閉じさせようと手を伸ばした。固い睫毛《まつげ》に覆われた目蓋は、死後硬直でもまだないだろうに、しっかり固定されて微塵《みじん》も動かなかった。

「なあ。お前も、死ななきゃ終われなかったんだろう？」

もちろん答えはない。肯定も否定もないままに、キミヤはひとつ頷《うなず》いた。


犬達はキミヤと熊を取り囲んで見守っていた。これから、彼らが望むことは一つだ。キミヤもそれはよく理解していた。彼は熊の顎に刺さっていたナイフを外す。幸い、軸から外れたり刃が曲がったりはしていなかった。

ただし、指が何本かうまく動かない。激烈にこそ感じないが、痛みがあった。どうやらさっきの格闘で捻挫《ねんざ》したか、もしかしたら骨も折れているのかもしれない。

気づけば体のあちこちが傷ついていた。左手の中指と人差し指の爪が剝《は》がれかけている。肋骨のヒビはもちろん入ったままだろうし、上下の前歯も折れていた。手足にも胴にも多数の切り傷を作り、破れた服の間から入りこんでくる空気が冷たい。不思議と痛みはあまり感じなかった。脳が興奮しているのかもしれない。そう思ったキミヤは今のうちにやるべき作業を行うべく、ビクトリノックスのナイフを動かせる指で握り込んだ。

ナイフを手に、横たわった熊の腹のあたりに近づく。内臓が露出している大きな傷口からは白い湯気が立ち上っている。その、傷口に指を突っ込むようにして皮を摑《つか》んだ。傷を始点として、腹から胸にかけてナイフを入れる。

最初はなかなかナイフが動かなかった。もともと熊の皮は固い毛を伴って頑丈なうえ、キミヤは指に怪我も負っている。

皮のほうを引っ張りながら、皮膚と肉との間に刃を入れる。父親が鹿の解体の時に教えてくれたことを思い出す。時間をかける覚悟で、渾身の力を込めながら、腹の皮を裂き始めた。

空気の抜けたバスケのボールみたいだ。手から伝わる感触にキミヤはそう思った。実際にボールを引き裂いた経験があるわけではないが、ナイフで熊の真皮と腹膜、そして脂肪層を引き裂きながら、たぶんこんな手ごたえだろうと感じた。

腹圧のためか傷跡から腸や胃がはみ出しはじめた。血と、それより圧倒的な質量の消化管らしきものがきれいなピンク色をさらす。

指の痛みと皮の固さに、時々手を止めた。なんとか肋骨の下あたりまで切れ目を入れると、内臓がさらに露出した。ふいにクウゥゥ、という音を背後に聞いて、キミヤは手を止め犬達を見る。みな、地面に伏せて作業の様子を見つめていた。そのうちの何頭かは伏せた姿勢のままダラダラと涎を垂らし、絶え間なく尻尾を振っている。もはやかれらにとって目の前の塊は恐れるべき熊ではなく、いい匂いをまき散らすご馳走《ちそう》の塊であるらしかった。

「待ってろって。まだだ。もう少しだ」

キミヤが一声かけると、犬達は更に姿勢を低くして待機した。俺がボスなのか、それともご馳走を食いやすくする作業員とでも思っているのか。判断はつかないままに、作業を再開した。

露出した内臓の間に手を入れる。温かい。一瞬火傷《やけど》するのではないかと思うほどに、熊の肉と内臓は温かかった。冷たい空気の間をうっすら白く湯気が立つ。

手を入れ、ひと塊、肝臓と思《おぼ》しき塊を切り取った。焚火に照らされて赤黒く光り、まだ脈打ちそうに温かいそれを前に、キミヤは大きな呼吸をする。吸い、吐き、それを三度繰り返して、手にした肝臓にかぶりついた。

予想に反して、歯ごたえがあった。料理屋や焼肉屋で出されるようなぶよぶよと柔らかい組織ではない。さくさくとした噛みごたえがあり、想像していたよりも血なまぐさくはない。これまで食べたどんな肉とも内臓ともかけ離れた、生き物そのものの味だった。

一口、よく噛んで、飲み込んだ。一瞬だけ、初めて摂取する生臭い感触に胃と食道が震える。反射的にえずいた。しかしすぐに体はこれは必要なものだと判断し、ゆっくりと喉を下ってキミヤの腹へと収まった。もうそれで良かった。キミヤは齧《かじ》った肝臓の残りを、ラウダの方に放ってやった。ラウダは臭いを嗅いで警戒する様子もなく、即座にむしゃぶりつく。周りにいる犬達がそれを眺め、各々の口の端から透明な涎が流れた。

「お前らも、だな」

キミヤは再び熊に向き合うと、ナイフで手当たり次第に内臓を切り取り始めた。

裂かれた胃らしきところから、どろりとした薄黄色の粘液に包まれて、大小の塊がはみ出てきた。

キミヤは見た。大熊の胃から落ちた不格好な塊のうち、ひとつに迷彩柄の布がくっついているのを。

ハンターが着用するジャンパー。落ちた肉のうち少なくともひとつ、もしかしたら全ては父親の肉だった。地面に転がり、明け方の冷たい空気に晒されてうっすらと湯気を帯びている。

少し手を止め、キミヤは悩んだ。それから、「ごめん父さん」と一言詫《わ》びて、内容物ごと消化管を引きずり出した。腸の適当なところを切断して、取り出した内臓を犬達の前に持って行く。消化器官も、その中にあるものも、彼らは貪《むさぼ》り適切に消化しその身とするだろう。

「食え。お前らなら、いいよ」

まず、チワワが湯気を立てる内臓に突進した。続いてラウダが。他の犬達も。キミヤはそれらが咀嚼《そしゃく》されているのを見届けると、改めて熊へと向き直った。

肺も心臓も横隔膜も腹を覆っていた網脂も、手頃な大きさに切り取っては犬達に放り投げてやる。

犬達が貪っている間に、時間をかけてさらに皮を剥いで、肩あたりの筋肉、背筋、腿《もも》の肉と露出させ、切り取れるぶんは与えてやる。

地面に落ちてすぐに、あるいは地面に落ちずダイレクトに、犬は争うように肉を受け取っていった。

「命懸けだった報酬だよな」

犬達は答えず、がふがふと荒い息の中で獲物を満喫していた。

「ほれ。あとはお前ら自分で好きに食いな」

そう言い、キミヤは熊の傍を離れた。ラウダが理解したように熊へと近づき、直接肉を食べ始めた。それに呼応するように、他の犬達もご馳走の塊へと鼻先を突っ込んでいく。興奮した犬の荒い呼気が周囲に満ち、それは喜びの印なのだとキミヤは理解した。

熊の肉と、形を変えた親父の肉が適切に彼らの血肉へと変わっていく。ふと、弔い、という言葉が脳裏に浮かんだ。

犬達がなおも肉を貪る中、キミヤは思い至って再び熊に近寄る。犬達は唸り声を上げることもなく、場所を空けた。

「サンキュ」

キミヤは犬達にかぶりつかれた腿肉の辺りから、掌《てのひら》に載るサイズの塊を二つ、切りだした。まだ温かいそれを手に、熊から離れて周辺を探す。

一つ目は、少し離れたところにある木の根元にあった。白と黒のブチ毛が、ぐんにゃりと地面に横たわっていた。口の端から少しばかり血を流し、上半身と下半身が反対方向にねじれている。熊に撥《は》ね飛ばされて木に激突した、その衝撃が直接の死因だろう。

二つ目は、最初に焚火のあった場所に倒れていた。キミヤの両手で軽々と持ちあげられる、小さなフォックステリアの死骸。頭は頭蓋骨《ずがいこつ》ごと潰れて顔の名残りがかろうじて分かるぐらいだ。こんなに小さいのに、熊から逃げないで吠えついたんだな。キミヤは心からこの犬の勇敢さを想った。

「即死だったらまだいいんだけどな。苦しんでたらごめんな」

キミヤは二頭の歪《ゆが》んだ体を直し、白黒の口の端からはみ出た舌を押し戻した。出血が少ないせいか、地面に伏して気持ちよく眠っているようにも見える。彼らを死に至らしめた衝撃はかなりのものだったろうに、二頭ともその全身はゆったりと地面に横たわっていた。

「神様仏様とかさ、お前たちには関係ないんだろうけど」

キミヤはその口元に肉の塊をひとつ置いた。

「お前ら、俺を嫌ってたっぽかったっけ。でも、熊公ぶっ殺すのに協力してくれたな。ありがとうな、ほんとに」

キミヤは慣れない手つきで合掌し、もう一度「ありがとう」と呟いた。

犬二頭の死体とは熊を挟んで反対側に、最後に見つけるべきものを見つけた。キミヤの父は地面に転がるようにして倒れていた。内臓を抜かれ手足を千切られた死体は、残っている足も熊に落とされた拍子に損傷したのか、太腿のあたりで大腿骨《だいたいこつ》が突き抜け露出していた。

凄惨《せいさん》な死に方をした肉体が、さらに酷《ひど》く損傷している。しかし、キミヤは目を逸《そ》らさなかった。

「父さん」

声をかけながら、残った手足をなるべく正常な形に直してやる。

「カタキさ、取ったから」

服越しにも冷たい手足は死後硬直のためか固く、重かった。

「一人でやったわけじゃないし、父さんがやりたがってたみたいに銃で殺せたわけじゃないけど」

死後硬直の後に一度筋肉が弛《ゆる》んだのか、死んだ瞬間がそうだったのか、死に顔には恐怖も怒りも残っておらず、穏やかだった。そういえば父親の眠った顔をゆっくり見たことなんてなかったな、などと、妙なことにまで思い至る。いや。起きている時も、特にあの大会以降は、父の顔を正面切っては見ないようにしていた気がする。

あれだけ心の中で責め、悪態をつき、よそよそしい態度で距離をとっていた父に、こうなってみると懺悔《ざんげ》のような言葉しか出ない自分はやはり息子なんだと今にして思い知る。

「なんとかさ。やり遂げたよ。ボロボロだけど、できた」

キミヤは白黒犬達にやったのと同じように、熊の肉を父親の口近くの地面へと置いた。そして傍らにしゃがんで合掌する。泣くつもりなどなかったのに、閉じた目から涙が次から次へと溢《あふ》れ、鼻水も流れ、キミヤは手を合わせたままで落涙した。

「結局……馬鹿親父なんじゃないか……。ちゃんと全部見といてくれりゃ良かったのにさ」

嗚咽《おえつ》を繰り返しながら、父親の遺体を拳《こぶし》で叩きそうになった。損傷した遺体にあんまりだ、と頭の隅で思い、せめて残っている方の腕を両手で握る。死後硬直で硬い筋肉は太く、骨もしっかりしていて、キミヤの腕よりもよほど太い。

「この腕よりもさ。細い俺の腕がなんとか熊倒したとこ、なんで見てないんだよ……」

冷え切った体の冷たさが、奇跡の差し挟みようのない現実を突きつけてくる。

全部終わった。そう思った瞬間に、キミヤを繋《つな》ぎとめていたあらゆる筋肉が弛んだ。遺体の傍らで地面にうつ伏せに倒れ込み、目と口と鼻から水分を垂れ流しながら慟哭《どうこく》した。

犬達は遠吠えにも似たその声を聞いて耳を立てたが、人間が独り泣いている様子を一《いち》瞥《べつ》すると、再び熊の肉へと向き直った。ラウダだけが、激しい嗚咽に耳を立てて聞き入り、キミヤの傍らに座った。吠えかけるでもなく、ただ近くで佇《たたず》み、キミヤの弔いを見届けていた。


十分か、三十分か。時間が分からなくなるほど一通り泣き伏し、キミヤはその場にごろりと横になった。森の木々の端から赤い光が差し込んでいる。じき朝になる。明るくなる空を眺めながら、泣くのがとても疲れるものだと久々に思い出していた。

それに、まともに肉の解体をしたのは初めてだった。熊が出てきたのが半月の昇る頃だったから、解体にたっぷり三時間はかけていたことになる。こんなにも力を使い、体力を消耗するものなのか、と痛感する。ナイフを握り締めていた時は気が付かなかったが、右腕全体にもう力が入らなかった。

「当たり前か。殺すのも殺されるのも食われるのも食うのも、必死だよなあ」

　疲れが二重三重にも自分を取り囲んでいるような気がした。身体の力が抜けていく。少し離れた所では、犬達が未だ先を争うように熊の肉を貪っている気配があった。ラウダはその集団から外れ、キミヤの傍でこちらをじっと見ている。

「ありがとな。大丈夫だ。大丈夫だからお前も食え。腹いっぱい食って、生きろ」

　キミヤは目を細めて、シッシッとラウダに向かって手を払った。意図を察したように、ラウダは熊の肉へと歩いていく。

「他の誰が望んでなくても、生きてやれ、お前ら。絶対に」

　キミヤの声に応じることもなく、犬達は食事を進める。地面に横たわりながら、一心不乱に熊の肉を食べている犬達の姿をキミヤは眺めた。皆、全身から喜びの感情が湧き出ているように見える。その中の数頭、特にチワワは千切れんばかりに尾まで振りながら食べていた。

　ああ、そういえば、父さんも俺に飯食えもっと食えってうるさかったよなあ、とキミヤは思い返す。食事を共にするたびにキミヤの細さを自分の体格と比べて嘆き、お代わりを勧めていたものだった。外食すると、食べきれないほどの量をオーダーしては半ば無理矢理俺に食わせていたっけ。

あの頃、子どもの立場からみたら些《いささ》か迷惑だと思っていたことが、多分親にとっては満足だったのだろう。犬どもが熊の肉を食うの見て分かるのな、とキミヤは奇妙におかしくなった。

悲しみから幾分気持ちが落ち着くと、目蓋が落ちてきた。

「……あれ？」

眼を完全に閉じかけていたキミヤは、指先に生温かいものを感じた。重い目蓋を努めて開くと、傍でラウダが座っていた。キミヤの手についた熊の血を拭うようにして舐《な》めとっている。

「十分食ったか、お前」

ラウダの鼻先と口回りの毛は真っ赤だった。肉はたっぷり食べられたらしい。

「ありがとな」

ラウダは懸命にキミヤの手を舐めている。熊の血を舐めているのか、それとも犬独特の労《ねぎら》いの表現なのか。分からないが、そのままにしていた。

さて、これからどうするか。熊を殺してからどうするか、これまで全く考えていなかった自分が滑稽《こっけい》だった。救助が来てくれる確証はない。そもそも、熊を倒そうとしながら殺されることを覚悟していたはずで、望んですらいたはずで、生き残ることを期待してはいなかったのだ。それが犬達のお蔭《かげ》で仇《かたき》を討ち、怪我は負ったがまだなんとか生きている。貰《もら》った命をこれからどうしようか。

「お前らと一緒にいようか」

食料は。冬越しは。そもそも人間の世界での居場所を簡単に捨ててもいいものなのか。そんな現実的な考えはキミヤの頭の中では働かなかった。何の束縛もなしに、最初に浮かんだ望みはそれだった。

「そうしよう、って言えよ」

ラウダは無言で、キミヤの手を舐め続けた。手を伸ばして頭を撫《な》でると、クゥンと甘えたような声が聞こえた。それから、キミヤに体をぴったりと寄せてラウダは寝そべった。毛布なんかよりよほど温かだ。

「あったけえ。ありがとな」

ラウダの温《ぬく》もりに思考が弛む。心地よさを感じながら、キミヤは意識を手放した。

夢はもう見なかった。ただ真っ黒な断絶の果てに、意識は奇妙な音によって引き戻された。

キミヤは音を感じ、重い目蓋を開いた。疲れ果てた体に力が入らない。もう完全に夜は明け、雲ひとつない青空で太陽が輝いている。その空の向こうから、虫の羽音のような響きが耳に届く。ひどく煩《うるさ》かった。ラウダはキミヤの傍に立ち、空の一点を見据えている。

「鳥？　虫？」

完全に覚醒《かくせい》しないままで呻《うめ》くと、青空に小さな黒い点が見える。音はその点からしているようだった。黒い点は音を増しながらどんどん大きくなってくる。目覚めた頭がようやく、それがヘリコプターなのだと認識した。

「……助け、か？」

ヘリはキミヤが倒れている真上まで近づいてきた。羽根で風が巻き起こり、周囲の木々の枝を震わせ、犬達はラウダを皮切りに一斉に吠えた。皆、背中の毛を逆立てている。キミヤは上体を起こしたが、全身がひどく重く、立ち上がることができない。

自分で救助要請をしたわけでもないのに、なんで助けに来てくれたんだろう。どこかぼうっとした頭で、キミヤは考えた。もしかしたら予定通りに宿に帰らなかったことで、あの中の誰かが遭難したと判断してくれたのかもしれない。または、展望台に置きっぱなしのレンタカーから遭難が分かったのか。さらにもしかしたら、捜索している人間が昨夜《ゆうべ》俺が火にくべたマグネシウムの光でも見つけたのかもしれない。

考えられる要因はいくつかあるが、救助が来たという事実に不思議と喜びが湧かない自分がいる。

ヘリはさらに下降し、犬の吠え声よりも羽根とエンジンの音が大きくなった頃、犬達は散り散りにその場から駆けだし、藪へと潜った。チワワは最後まで吠えついていたが、結局すぐ同じように姿を隠す。

「あ、おい！　ちょっと待て！　おい！」

一瞬茫然としたキミヤが慌てて声を掛けても、犬達は戻ってこない。周囲にはキミヤ一人が残された。

「ラウダ！　おい、ラウダ！」

叫んだ拍子に、折れて口腔《こうこう》の隅に納まっていた歯が、血の混じった唾《つば》と共に地面へと落ちた。去った犬達に気を取られているうちに、ヘリからは縄梯子《なわばしご》が下ろされ、オレンジの服を着た救助隊員が下降してきた。素早く倒れているキミヤに近づき、かなり強く肩を叩いた。

「聞こえますかっ！　山岳救助隊です！　この声が、聞こえていますか！　ご自分の！　名前は！　言えますかっ」

「き、キミヤ。沢、貴美也です」

「茨城の沢貴美也さん、で間違いないですね!?」

どうして救助が、諦めていた助けがこんなタイミングに来るのだろう。混乱するキミヤをよそに、救助隊員は手際よく怪我の現状と周囲を確認し、無線で上空のヘリに連絡を入れている。

「要救助者一名確保！　捜索対象の沢貴美也さんと確認！　目視では打撲裂傷多数ですが意識あります！　もう一名の要救助者、沢龍一郎さんは確認できませんが、付近に意識不明の男性一名！　ただし、あの、損傷が著しいです！　搬送用ストレッチャーと増員頼みます！」

　ああ、助かったのか、俺は。てきぱきとした救助隊員の仕事ぶりを眺めながら、キミヤの全身から力が抜けていた。

「なんで。なんで、助けが……」

　親父が熊に殺され、自分も殺されると思った。かろうじて助かったがもう自分で死んじまおうと思った。そこから犬と一緒になんとか生き延びた。たった四晩が、生まれてからの約二十年を懸《か》けた時間になってしまった。ああ、俺は、もとの世界に戻るのだ。自分の意思とは無関係に力が抜け落ちていった。

「お父様が！　予《あらかじ》め宿泊先の方に救助要請をお願いされていたんです！　二晩経っても戻らなければ、救助を頼むようにと！」

　耳元でヘリの音に負けないようにと叫ぶ救助隊員の声がこだまする。ようやく意味を呑《の》み込んで、キミヤはようやく思い出した。旅館を出る時に親父がオーナーに頭を下げていたのは、これだったのか。

「こちらは、お父様ですね⁉　あなたも！　これからストレッチャーに移動して、ヘリで病院まで向かいますから、もう大丈夫ですよ！」

　そんな声を聞きながら、全身を力強く持ちあげられてストレッチャーに固定される。

　そうか。親父、一応はもしもの時のことを考えてくれてたのか。

　なんだかんだ言って、結局は親父のお蔭で俺、なんとか助かったのか。

意識が半分閉じていた。うっすらとした聴覚の中、他に降りて来た隊員が人の形ではなくなりかけたキミヤの父親の姿を確認しているのか、「ひでえ」という呟きが聞こえてきた。

「熊が。熊に、やられちまって」

呻きにも似たキミヤの声に、ストレッチャーに付き添った女性隊員の声が応えた。

「本当に大変でしたね。お父様も、一緒に病院に行きますから。もう大丈夫です、大丈夫……」

そうか。もう大丈夫なのか。俺はもう大丈夫なんだな。

手放しかけた意識の中で、大丈夫だという声が反響する。そうだ、親父は死んじまったけど、大変だけど、とにかくもう大丈夫だ。俺はもとの場所の、もとの家に帰って、親父の会社のこととか学校のこととか色々あるけど、とりあえずもう殺されることも殺すことも心配しなくてもよくなる。

ロープで固定されたストレッチャーがヘリに牽引《けんいん》され、体がふわりと浮いた感覚がある。キミヤと山との接地面が失われていく。

病院に行ったらもうこの怪我も大丈夫。肋骨の痛いのも、爪が剥がれてるのも、歯が折れてるのも、医者がきっとなんとかしてくれる。腹が減ってるのも、温かい飯で満たすことができる。そうだ、大丈夫……。

ストレッチャーがヘリコプターに引き上げられたのと同時に、うっすら開いたキミヤの目から見える風景もぐらりと揺れる。さっきまで自分がいた地面が見えた。犬に半分以上食い散らかされた熊の死体。少し離れたところで救助隊員に移動用の袋に入れられている父親の遺体。

　そして視界の端で、キミヤは横たわる白黒の犬の死体と、藪に潜んでいるらしき、銀に近い白い毛を見た。

「犬は」

　キミヤはぽつりと呟く。ストレッチャーの固定具を解《ほど》こうとしていた女性隊員は、「はい？」と答えた。

「犬はっ！　どうしたあっ！」

　キミヤは声を荒げた。安心から弛《し》緩《かん》していた筈の全身に再び力が漲る。力任せに固定具から体を引き抜こうとした。

　そうだ、犬は。俺が生き延びる為に一緒に戦ったあの犬達は。この爆音で散り散りになった犬達はどうした。

「返せ、戻せ！　俺は、俺はまだあそこに！」

「大丈夫です、大丈夫ですから落ち着いて下さい！　荷物もお父様のことも、全てきちんと回収しますから！」

　看護師と、隊長らしき大柄な男が暴れるキミヤの体を押さえつける。後に残された父親の遺体を気にして暴れていると誤解されていた。あれだけの熊禍だ、ショックを受けるのも無理からぬことだと、当然そう判断し、プロとして極力冷静に言い含めているようだった。

違うのだ。父親に対しての弔いはもう済んでいる。心を残しているのは犬達のことだ。この異常な山で、戦い、生き延び、同じ獲物の肉を食らい合った彼らのことだった。

ヘリは最後の隊員とキミヤの父親の遺体を回収し、ドアを閉めるところだった。もうあの森に戻ることは叶《かな》わない。キミヤは、言葉の代わりにあらん限りの声で吠えた。狭い機内に音が反響しても、ヘリの音にかき消されようとも構わない。錯乱して叫んでいると思われたのか、隊員たちが制止にかかる。それにさらに抗うようにして、キミヤは犬達のために吠えた。

熊に噛みつくために裂けた唇の両端から血がまた滴る。痛みも別離の悲しみに全て上書きされて、感知できない。

やがて、ヘリの駆動音に混ざって下から犬の遠吠えが聞こえたような気がした。ラウダだ。キミヤには確信がある。呼応するように、さらにキミヤは声を張り上げ吠え続けた。

二つの叫《おら》びだけが、この山に記憶を刻み付けていた。この爪が、牙が。生きるための手段だったこと。そして殺すための存在であったことを。

鉄の塊がけたたましく空の彼方《かなた》へと消え去り、爆音も聞こえなくなった。山は再び人間抜きでの静寂を取り戻す。ラウダは、先ほどヘリが着陸していた地点へと足を向けた。他の犬達は遠巻きにラウダを見守っている。周囲の草はなぎ倒され、雑多な臭いがその中空にまだ漂っている。機械の油の臭い、消毒薬、そして去っていった、先ほどまでラウダが舌先で慰撫《いぶ》していた人間の匂い。

ラウダはふと、わずかにたなびくキミヤの匂いを強く感じ、鼻を鳴らして出処を探った。注意深く嗅ぎ分けていると、やがて一本の糸をたぐるように地面の一か所へと辿《たど》りつく。草に覆われた地面の一角から、確かに自分の同胞だった者の匂いがする。視覚よりも嗅覚《きゅうかく》がそれを確認した。匂いは草の間に転がったその歯から発せられていた。あの非力な人間が熊に噛みついた際に折れ、血と共に残された小さな証《あかし》。自分を屈服させた歯。あの人間の犬歯だった。

ラウダは新たな骨片をそっと咥えた。歩み去る彼女の後を、生き残った五頭の犬達は静かに追った。一頭とて、何一つ唸ることもなく、ごく静かにボスとボスが咥えた遺物に付き従った。

住み慣れたねぐらへと彼らは帰って行く。仲間を欠き、仲間をやがて増やし、世代を交代させながら、群れてこの山を生きていく。かつて足を踏み入れた者の大腿骨と、一頭のボスを縛っていた首輪と、そしてひととき仲間となった人間の小さな歯が、ただひっそりと木の洞《うろ》に納められて眠り、これからも彼らに寄り添い続けていくだろう。

嵐のように訪れた人間たちと機械が去り、同胞となった者もいなくなった。犬数頭と熊一頭の命が消えて、再び鳥や動物の気配が山へと戻ってくる。この地に潜む獣たちの時間は、以前と形を変えながらも回り続ける。残された者たちと共に、山が再び鼓動を始めた。

# 解説

平《ひら》松《まつ》洋《よう》子《こ》（エッセイスト）

熊の解体に何度か立ち合ったことがある。

いずれも滋賀の山中で熊撃ち名人として一目置かれる猟師Ｍさんの仕事だった。仕留めた熊はかならず自分の手で捌《さば》いてきたベテランだから、ナイフの運びは的確そのものだ。ごろんと仰向《あおむ》けに寝かせたツキノワグマの胸にナイフを刺し入れ、渾身《こんしん》の力を込めて押し引くと、黒い剛毛に覆われた皮がぶちりと鳴った。仕留められてひと晩経ってなお、抗《あらが》いを伝える強靭《きょうじん》な音。Ｍさんは手の動きを緩めず、太い縫い針のような毛に覆われた皮を慎重に剝《む》いてゆく。すると、まったりとした白が目に飛び込んできた。肌理《きめ》がこまかく、まばゆい。これほど豊かな脂肪を皮の下に蓄えて、熊は冬を越すのだ。Ｍさんが根気よくナイフを動かして皮を剝《は》ぎ終えると、白い熊が現れた。いっそシュールなほど鮮烈な、黒から白への展開。ただそれだけの光景にも、熊という動物の底知れなさがあった。

　本書は、人間と熊と犬が繰り広げる極限の物語である。場所は北海道の山中、描かれるのは四日間の一部始終。読者はつねに、低い唸《うな》り、骨の軋《きし》み、肉と肉がぶつかり合う音に鼓膜を震わせることになる。と同時に伝わってくるのは、肉弾が飛び交うありさまから目を逸《そ》らさせはしないと腹を括《くく》った著者の気魄《きはく》だ。

　二十歳の青年キミヤが遭遇する事態は悪夢さながら、生死を賭《か》けた通過儀礼である。ライフル銃を担いで狩猟に出る父に連れられ、カルデラの中心部へ足を踏み入れてゆくのだが、父と息子とのあいだにはあらかじめ鬱屈《うっくつ》した感情が蓄積している。キミヤには生母と養母がおり、そののち新たな父の結婚相手となった三度目の母は、キミヤにとって初めての性体験の相手となるのだが、その現場に踏み込んで父は母に暴力をふるう。父は、キミヤからことごとく日常を奪う相手であり続けてきた。さらには、高校三年最後の駅伝大会の出場選手に選ばれたキミヤが、大会当日、交通事故に巻き込まれてチームの敗因をつくったことにも父が関与している。自分を肯定できず無気力に苛《さいな》まれるキミヤは、父に強引に勧められるまま銃砲所持許可と狩猟免許を取得。狩猟をもくろんで北海道にやってきたふたりの前に、突如、巨大な熊が立ちはだかって――。

　多くのテーマが内包された小説である。エディプスコンプレックス、あるいは父殺し。社会的孤立。性や快楽、欲望。いずれも、人間をめぐる古典的なテーマである。ところがそこへ、人間と動物との関係がきわめて暴力的に、しかも意図的に野卑なかたちで介入し、読者を巻き込んでゆく。

　ただし、人間と動物との関係は、とてもひと言では括れない。そもそも地球上に生を享《う》けて以来、人間は動物との共生関係のなかで生き長らえてきたし、生かされてきた。

動物は、あるときは食料であり、衣服や住居の資源であり、狩猟の友であり、家畜として使役の役割を果たす産業動物であり、愛玩《あいがん》の対象としての家庭動物でもあり、福祉の場面では社会貢献を働くこともある。また、民族や宗教などによっては、畏敬《いけい》や感謝、あるいは忌避の対象として精神的な存在でもあり続けてきた。人間がどのように動物を捉《とら》え、どのようにそれぞれの動物と相対するかによって、さまざまな動物観が形成されてきたのである。「野生動物」という概念にしても、一般に「野生」という言葉は、社会的に管理された産業動物や家庭動物に向けられた対立項として語られる。しかし、「野生」がしめす領域や意味合いは、時代性や社会状況によって変容する可能性を含むのだから、「野生動物」もまた人間との関わりから逃れられないことになる。

もちろん著者は、このような人間と動物との複雑な関係を百も承知だ。だからこそ、人間、熊、犬を北海道のカルデラという舞台の上に置き直し、まったき同等の存在として位置づける。人間から社会性を引き剥がし、動物は属性を解放することによって、〈(人間が)狩る／(動物が)狩られる〉という二項対立が取り崩され、人間も熊も犬もおたがいに命の取り合いをおこなう当事者として扱われるのだ。

あらゆる命をゼロ地点に等しく置き直す。

ここに著者の企てを感じる。

先に「暴力的に、意図的に野卑なかたちで」と書いたけれど、そのような凄《すさ》まじさを導入しなければ、人間と動物の命をいったん初期化してゼロ地点に置くことは叶《かな》わないのかもしれない。だからこそというべきか、動物のもつ根源的な獰猛《どうもう》さがあからさまに描かれる。泊まった宿の老人がキミヤに語って聞かせた、豚が一家の赤ん坊を襲《おそ》う怖ろしい昔話。身の毛がよだつおぞましさは、そののちキミヤの父が熊によって蹂躪《じゅうりん》される場面の前ぶれでもある。しかし、つとめて淡々、どこか突き放した筆致は、それらの「獰猛ぶり」は動物にとって生きる行為の遂行でしかないと語りかけてくる。

熊は、征服のしるしとして相手のはらわたを貪《むさぼ》る。

キミヤは生の衝動を奮い立たせ、生き抜くために熊に闘いを挑む。

犬は、動物同士の生き残りを賭けて牙《きば》を剝き、熊に立ち向かう。

三者それぞれが命のかたまりとなって対峙《たいじ》し合うさまに、カタルシスがある。

わずかでも気を許せば寝首を掻《か》かれる攻防戦のさなか、救われるような思いを抱くのがキミヤと犬たちとの交流である。かつて人間に飼われていた犬たちがカルデラに棲《す》みつくことになった背景がさまざまに語られるとき、ちくりと胸が痛むのは、人間が動物にたいして抱く愛着の正体が顔をのぞかせるからだ。愛玩の対象にすることによって、人間は動物のなにかを奪ってはいないだろうか、存在を去勢してはいないか、と著者は問いかける。しかし、犬に生来備わった従属性が発動され、みずからの喜びとしてキミヤとの信頼を育ててゆくプロセスには血の通うぬくもりがあり、人間と動物との関係の豊かさにあらためて気づかされる。

いよいよ熊と人間と犬が死闘を繰り広げる場面の描写は、容赦がない。キミヤの目が捉える熊の最期の光景は、このおぞましさもまた命の迸《ほとばし》りなのだと語りかけてくる。そして、闘いに決着がついたとき、キミヤはみずから摑《つか》みだした熊の肝臓にかぶりつく。

「これまで食べたどんな肉とも内臓ともかけ離れた、生き物そのものの味だった」

父の命を奪った熊の内臓を食べることによって、キミヤは「因果」を嚙《か》みしだき、父殺しという通過儀礼を果たして自身の生を受け容《い》れる。このとき、かつて老人が語って聞かせた、憎悪の対象である豚の肉を食べた夫婦の行為の意味もまた蘇《よみがえ》ってくる。

ここで思い出さずにはおられないのが、宮沢賢治「なめとこ山の熊」である。賢治は、生きるうえで避けては通ることのできない「命の授受」について、さまざまな童話の世界に託して語っているが、とりわけ命の取り合いの領域に踏み込むのが「なめとこ山の熊」である。熊捕り名人淵沢小十郎は山刀と鉄砲を携え、犬を連れてなめとこ山に棲《す》む熊を撃つ。狙いは、町で高く売れる熊の胆《い》。

あるとき小十郎は、ズドンと射止めた熊に向かってこう語りかける。

「熊。おれはてまへを憎くて殺したのでねえんだぞ。おれも商売ならてめへも射たなぁならねえ。ほかの罪のねえ仕事していんだが畑はなし木はお上のものにきまったし郷へ出ても誰も相手にしね。仕方なしに猟師なんぞしるんだ。てめへも熊に生れたが因果ならおれもこんな商売が因果だ。やい。この次には熊なんぞに生れなよ」

小刀を取り出して皮を裂き、胆を切り取って小十郎は谷を下る。それから幾星霜、老いの日々を迎えた小十郎が山を歩くうち、かつて命乞《いのちご》いに応じて見逃してやった熊に遭遇する。しかし、熊は情け容赦なく小十郎の命を奪う。

「と思ふと小十郎はがあんと頭が鳴ってまはりがいちめんまっ青になった。それから遠くで斯う云うことばを聞いた。

『おお小十郎おまへを殺すつもりはなかった。』

（中略）

思ひなしかその死んで凍えてしまった小十郎の顔はまるで生きてるときのやうに冴え冴えして何か笑ってゐるやうにさえ見えたのだ。ほんたうにそれらの大きな黒いものは参の星が天のまん中に来てももっと西へ傾いてもじっと化石したやうにうごかなかった」

諦念《ていねん》などではない。

小十郎はおのれの生を生きた、熊もおのれの生を生きた、ただそれだけのこと。

本書もまた、生きとし生きるものが結ばなければならない関係について描きだす。全編をつうじてしばしば登場する「捕食」という言葉は、この世界は食物連鎖によって成立していることを示すものだ。命を繋《つな》ぐためには、ほかの生きものの命を奪い、食う行為によって授受がなされ、命は連鎖してゆく。その連なりのなかにあって、あらゆる命をいったんゼロ地点に置き直すための荒ぶる物語。

むきだしの言葉で、ごつごつと、ひりひりと、全編をつうじて著者の武者震いが伝わってくる。言葉との全身全霊の肉弾戦を、私はとても尊いものとして受け取った。

本書は、二〇一七年十月に小社より刊行された
単行本を加筆修正のうえ、文庫化したものです。

# 肉《にく》弾《だん》

河《かわ》崎《さき》秋《あき》子《こ》

令和2年 6月25日　初版発行
令和6年 3月25日　11版発行

発行者●山下直久

発行●株式会社KADOKAWA
〒102-8177　東京都千代田区富士見2-13-3
電話　0570-002-301（ナビダイヤル）

角川文庫 22214

印刷所●株式会社KADOKAWA
製本所●株式会社KADOKAWA

表紙画●和田三造


ISBN 978-4-04-109675-8　C0193

◆◇◇

# 角川文庫発刊に際して

角川源義

第二次世界大戦の敗北は、軍事力の敗北であった以上に、私たちの若い文化力の敗退であった。私たちの文化が戦争に対して如何に無力であり、単なるあだ花に過ぎなかったかを、私たちは身を以て体験し痛感した。西洋近代文化の摂取にとって、明治以後八十年の歳月は決して短かすぎたとは言えない。にもかかわらず、近代文化の伝統を確立し、自由な批判と柔軟な良識に富む文化層として自らを形成することに私たちは失敗して来た。そしてこれは、各層への文化の普及滲透を任務とする出版人の責任でもあった。

一九四五年以来、私たちは再び振出しに戻り、第一歩から踏み出すことを余儀なくされた。これは大きな不幸ではあるが、反面、これまでの混沌・未熟・歪曲の中にあった我が国の文化に秩序と確たる基礎を齎らすためには絶好の機会でもある。角川書店は、このような祖国の文化的危機にあたり、微力をも顧みず再建の礎石たるべき抱負と決意とをもって出発したが、ここに創立以来の念願を果すべく角川文庫を発刊する。これまで刊行されたあらゆる全集叢書文庫類の長所と短所とを検討し、古今東西の不朽の典籍を、良心的編集のもとに、廉価に、そして書架にふさわしい美本として、多くのひとびとに提供しようとする。しかし私たちは徒らに百科全書的な知識のジレッタントを作ることを目的とせず、あくまで祖国の文化に秩序と再建への道を示し、この文庫を角川書店の栄ある事業として、今後永久に継続発展せしめ、学芸と教養との殿堂として大成せんことを期したい。多くの読書子の愛情ある忠言と支持とによって、この希望と抱負とを完遂せしめられんことを願う。

一九四九年五月三日

# 角川文庫ベストセラー

**ニッポン泥棒（上）（下）**　大沢在昌

失業して妻にも去られた64歳の尾津。ある日訪れた見知らぬ青年から、自分が恐るべき機能を秘めた未来予測ソフトウェアの解錠鍵だと告げられる。陰謀に巻き込まれた尾津は交渉術を駆使して対抗するが――。

**魔物（上）（下）　新装版**　大沢在昌

麻薬取締官の大塚はロシアマフィアの取引の現場をおさえるが、運び屋のロシア人は重傷を負いながらも警官2名を素手で殺害、逃走する。あり得ない現実に戸惑う大塚。やがてその力の源泉を突き止めるが――。

**悪夢狩り　新装版**　大沢在昌

試作段階の生物兵器が過激派環境保護団体に奪取され、その一部がドラッグとして日本の若者に渡ってしまった。フリーの軍事顧問・牧原は、秘密裏に事態を収拾するべく当局に依頼され、調査を開始する。

**B・D・T［掟の街］　新装版**　大沢在昌

不法滞在外国人問題が深刻化する近未来東京。急増する身寄りのない混血児「ホープレス・チャイルド」が犯罪者となり無法地帯となった街で、失踪人を捜す私立探偵ヨヨギ・ケンの前に巨大な敵が立ちはだかる！

**影絵の騎士**　大沢在昌

ネットワークと呼ばれるテレビ産業が人々の生活を支配する近未来、新東京。私立探偵のヨヨギ・ケンは、ネットワークで横行する「殺人予告」の調査を進めるうち、巨大な陰謀に巻き込まれていく――。

# 角川文庫ベストセラー

**深夜曲馬団《ミッドナイト・サーカス》 新装版**　大沢在昌

作品への手応えを失いつつあるフォトライターが出会ったのは、廃業寸前の殺し屋だった——。「鏡の顔」他、4編を収録した、初期大沢ハードボイルドの金字塔。日本冒険小説協会最優秀短編賞受賞作品集。

**小説講座 売れる作家の全技術 デビューだけで満足してはいけない**　大沢在昌

エンタメ小説界のトップを走り続ける著者が、作家になるために必要な技術と生き方のすべてを惜しげもなく公開する小説講座の決定版。文庫版特別講義「いまデビューができ、生き残っていける新人とは」収録。

**悪果**　黒川博行

大阪府警今里署のマル暴担当刑事・堀内は、相棒の伊達とともに賭博の現場に突入。逮捕者の取調べから明らかになった金の流れをネタに客を強請り始める。かつてなくリアルに描かれる、警察小説の最高傑作！

**てとろどときしん 大阪府警・捜査一課事件報告書**　黒川博行

フグの毒で客が死んだ事件をきっかけに意外な展開をみせる表題作「てとろどときしん」をはじめ、大阪府警の刑事たちが大阪弁の掛け合いで6つの事件を解決に導く、直木賞作家の初期の短編集。

**疫病神**　黒川博行

建設コンサルタントの二宮は産業廃棄物処理場をめぐるトラブルに巻き込まれる。巨額の利権が絡んだ局面で共闘することになったのは、桑原というヤクザだった。金に群がる悪党たちとの駆け引きの行方は——。

# 角川文庫ベストセラー

**螻蛄**　黒川博行

信者５００万人を擁する宗教団体のスキャンダルに金の匂いを嗅ぎつけた、建設コンサルタントの二宮とヤクザの桑原。金満坊主の宝物を狙った、悪徳刑事や極道との騙し合いの行方は!? 「疫病神」シリーズ!!

**繚乱**　黒川博行

大阪府警を追われたかつてのマル暴担コンビ、堀内と伊達。競売専門の不動産会社で働く伊達は、調査中の敷地９００坪の巨大パチンコ店に金の匂いを嗅ぎつけると、堀内を誘って一攫千金の大勝負を仕掛けるが!?

**燻《くすぶ》り**　黒川博行

あかん、役者がちがう——。パチンコ店を強請る２人組、拳銃を運ぶチンピラ、仮釈放中にも盗みに手を染める小悪党。関西を舞台に、一攫千金を狙っては燻り続ける男たちを描いた、出色の犯罪小説集。

**破門**　黒川博行

映画製作への出資金を持ち逃げされたヤクザの桑原と建設コンサルタントの二宮。失踪したプロデューサーを追い、桑原は本家筋の構成員を病院送りにしてしまう。組同士の込みあいをふたりは切り抜けられるのか。

**二度のお別れ**　黒川博行

三協銀行新大阪支店で強盗事件が発生。犯人は約４００万円を奪い、客の１人を拳銃で撃った後、彼を人質に逃走した。大阪府警捜査一課は捜査を開始するが、犯人から人質の身代金として１億円の要求があり——。

# 角川文庫ベストセラー

**雨に殺せば**　黒川博行

大阪湾にかかる港大橋で現金輸送車が襲われ、銀行員2人が射殺された。その後、事情聴取を受けた行員や容疑者までが死亡し、事件は混迷を極めるが――。金融システムに隠された、連続殺人の真相とは!?

**切断**　黒川博行

病室で殺された被害者は、耳を切り取られ、さらに別人の小指を耳の穴に差されていた。続いて、舌を切り取られ、前の被害者の耳を咥えた死体が見つかって――。初期作品の中でも異彩を放つ、濃密な犯罪小説！

**喧嘩《すてごろ》**　黒川博行

ヤクザ絡みの依頼を請け負った二宮がやむを得ず頼ったのは、組を破門された桑原だった。議員秘書と極道が貪り食う巨大利権に狙いを定めた桑原は大立ち回りを演じるが、後ろ楯を失った代償は大きく――？

**海の稜線**　黒川博行

大阪府警の刑事コンビ〝ブンと総長〟は、東京からやってきた新人キャリア上司に振り回される。高速道路での乗用車爆破事件とマンションで起きたガス爆発。2つの事件は意外にも過去の海難事故につながる。

**悪徒**　藤田宜永

暴力団員が射殺された。その手口は伝説のヒットマンと酷似していた。ヒットマンの行方を追うべく〝影の弁護士〟、元刑事が入り乱れる追跡劇がはじまる。著者渾身のノンストップハードボイルドアクション。